# Mai

scritto da

Francesco Sahli

*Gli errori formano le nostre anime,
portandole a darci la consapevolezze del
piacere*

# Prologo

Il Sole era caldo e splendeva sulle terrazze, intanto le donne mettevano affannosamente a stendere tappeti color rubino. Tutto quel susseguirsi di nodi incorniciava le case, Marrakech sembrava risplendere. La tenda lasciava trafilare quel tanto di luce da svegliarmi. In casa, il silenzio! L'odore della menta e dei fiori d'arancio provenienti dagli appartamenti vicini, mi svegliava in maniera gentile. La cucina, un posto che ho sempre adorato, dava su un terrazzo... ricolmo di piante rigogliose e fiori. Davanti a me si stagliavano mille colori; spaziavano dall'azzurro del cielo, all'ocra delle abitazioni. Ho sempre amato i terrazzi ma quello in particolar modo, permetteva di vedere tutto senza dare nell'occhio, il che mi faceva molto piacere. Il campanello suonava, ma non me ne rendevo conto. Il muezzin stordiva la mia mente, chiamando i fedeli alla preghiera, ma la piacevole insistenza di quel suono squillante aveva fatto sì che io lo sentissi. Aprivo la porta, cercando di capire il motivo di tutto quel frastuono, ma quegli occhi verdi mi diedero il buongiorno, mi fecero dimenticare tutto, anche il suono della mia voce. Le labbra, senza nemmeno parlare, cercavano le mie; parlavano senza fiatare, riempiendomi la bocca di parole o sussulti, e sussurri, quasi a stordirmi. Erano sparite le case, i colori, i profumi. Erano sparite le dolci donne velate che si affrettavano al mercato. C'eravamo noi, il mondo non contava.

# Capitolo 1

Londra, la frenesia, i suoi abitanti, mi avevano sempre affascinato. Le eleganti dimore del West-end dipinte di un bianco candido, mi facevano dimenticare la pioggia, gli ombrelli e la nebbia che sale di tanto in tanto dal Tamigi. L'agenzia che avevo incaricato per la ricerca dell'appartamento, aveva fatto il possibile per soddisfare le mie richieste; non erano molte: un bilocale, abbastanza luminoso che mi permettesse di osservare la città. Appena solo nel salone vuoto, le mie mani vennero prese dalla voglia di conoscere,

ogni singolo angolo di quelle vie, di quelle persone, delle loro

abitudini. La compagnia di trasporti aveva consegnato ogni cosa

come previsto, con una puntualità svizzera; ma degli scatoloni, di

mettere in ordine vestiti e libri non me ne importava proprio. Un

gran sospiro! Afferrai l'impermeabile, l'ombrello e me ne uscii. La

città, almeno in quella zona, si presentava candida. La gente era

diversa, da quella che avevo lasciato a Milano. Le persone

sorridevano, però erano sempre frenetiche, ma in maniera diversa.

C'era... un non so che di elegante che le portava a

contraddistinguersi. Le signore, distinte nel doppiopetto,

passeggiavano con i lori eleganti cappelli, e i lori guanti. Ogni tanto

si fermavano a guardare le vetrine. Le commentavano come se

fossero state all'opera, con un misto di eleganza e riflessione. I miei

occhi si godevano un nuovo spettacolo, tutto da scoprire.

Improvvisamente, il marciapiede si cosparse di gocce, sempre più

grandi, sempre più fitte. Aprii l'ombrello. In un attimo, ne

spuntarono a centinaia in torno a me e di tutti i colori. Le strade,

oramai variopinte, sembravano fiumi di nylon colorato.

Fortunatamente, la pioggia in quella città è a intermittenza, poco

dopo il cielo si stava già schiarendo. Senza nemmeno accorgermene

ero arrivato nelle vicinanze della torre del orologio. Solamente un

attimo e la lancetta maggiore si sarebbe posata sulle dodici, erano le

tre. Non avevo ancora pranzato, ma trovai un locale nelle vicinanze.

Una grande porta di vetro inciso e legno, faceva da spartiacque, fra il

marciapiede e l'interno. Una moquette bordeaux con dei cerchi dorati

rivestiva il suolo. Mi accomodai ad un tavolo, in fondo alla sala. Da

lì avrei  notato tutti i dettagli, come le decorazioni del massiccio

bancone in legno, la boiserie modanata che ricopriva tutte le pareti, i

quadri, le stampe e le fotografie di tempi che sembravano

lontanissimi. Ordinai del corposo vino rosso e una tartara; avevo voglia di assaporare una succulenta porzione di carne cruda. Non appena il cameriere si avvicinò, per porgermi da bere, la porta si spalancò. Una ventata di umidità inondò il locale, la moquette sembrò sollevarsi. L'umidità sembrava paralizzarmi le ossa. Entrarono in tre; presero a parlare di bilanci e funzioni bancarie, in maniera chiassosa, quasi da infastidirmi. Lo sguardo, mi portò a soffermarmi su uno di questi. Lui, a differenza degli altri era ancora in piedi. Si stava togliendo il cappotto, dandomi la possibilità di osservarlo per bene. Lo lasciò cadere delicatamente sulla sua poltrona, unendosi ai compagni che intanto, avevano tirato fuori plichi di fogli dalle rispettive valigette. Sorseggiavo del vino, fingendo che fosse buono, ma la mia convinzione, perdeva valore sorso dopo sorso. Quel vino era un'autentica ciofeca. Rimpiangevo il mio amatissimo Chianti. Non potevo nemmeno pretendere chissaché, d'altronde gli inglesi sono per la birra e noi italiani siamo il popolo

vino; ma tutto passò in secondo piano, quando mi persi nel guardare

quel ragazzo. Sarà stato sulla trentina, alto, con degli incredibili

occhi smeraldini. Erano intensi. Veri. Sicuri. La camicia era coperta

da un elegante giacca grigia, ma faceva trasparire un fisico ben

formato e prestante, uno di quei corpi strutturati da anni di nuoto, o

altre attività che impiegano il corpo in tutte le sue forze. Lo

osservavo dalla testa ai piedi più volte. Mi lasciò senza fiato. Aveva

una bellezza.... che mi colpì in maniera viscerale. Fui preso da un

certo nervosismo, che mi fece versare inconsciamente dell'altro vino;

ma... quel dolce guardare fu interrotto dal cameriere che mi riportò

alla realtà, posando il piatto sul tavolo. Ad un tratto la fame era

svanita. I miei occhi desideravano quel ragazzo. Restai qualche

istante a fissarlo, facendo finta di passare in rassegna tutti i quadri

appesi. Notai i più assurdi particolari, come il vestiario di un gentiluomo, che giocava a polo, in una stampa, non più grande di una cartolina. Nella mia testa si era acceso un un fuoco di domande che mi poneva cento o forse mille domande su quella persona che sedeva lì, di fronte a me. Era cosi vicino che potevo ascoltarne la voce, senza sforzo. Con disinvoltura, cercai di ascoltarla; ma non mi interessava capire il contenuto, volevo sentire meglio che suono avesse, non so il perché, ma ne avevo bisogno. Raggelandomi, mi accorsi di comportarmi da invasato o da maniaco. Chiamai il cameriere, in modo da avere il conto, ma ero troppo innervosito per aspettare. Decisi alzarmi e andare dritto verso la cassa, dove una signora con buffe lentiggini, mi aspettava per darmi la ricevuta, augurandomi un buono serata. La pioggia era ritornata, me ne andai sul lungo fiume da dove potevo osservare i palazzi, la gente. Entrando, per alcuni minuti, in una sorte di assenza meditativa; interrotta, però dalla vibrazione del telefono. Era mia sorella, tutta premurosa: mi chiedeva come stavo, mi chiedeva della casa. Da

buona sorella maggiore non perse tempo per pormi la domanda

topica: "hai mangiato?" Risposi di sì, mentendo, risposi di sì.

Parlammo del tempo, del suo lavoro, di Denis. Fin quando la batteria

del suo telefono, non ci separò. interrompendo così la chiamata. Non

ho mai capito perché le persone, si ostinano a domandare se si sia

mangiato o meno. Siamo nella parte fortunata del mondo, dove è più

facile essere presi da un meteorite che morire di stenti. Il cielo si era

fatto ancora più scuro, aveva assunto un'aria cupa. In un attimo, la

città si venne plumbea. Tutto, aveva preso un aspetto talmente gotico

da sembrava una pace nei racconti di A. Poe. Mi accesi una sigaretta,

e iniziai a passeggiare. Mi guardavo intorno, di tanto in tanto. Ad un

tratto, qualcuno attirò la mia attenzione. Era lui. Passeggiava

solitario, sul lato opposto del marciapiede. Mi accorsi con la coda

dell'occhio che questa volta era lui a fissarmi. Quando capitava buttavo un'occhiata, per vedere se restava lì, mentre andavo avanti

per la mia strada. Ad un tratto, però non riuscivo a vederlo. Avrei

voluto girarmi per capire se fosse tornato indietro, ma non ne avevo

il coraggio. Una mano mi sfiorò la spalla, facendo saltare il mio

corpo di scatto. Voltandomi, trovai i suoi occhi verdi a guardarmi. La

sua bocca... era là a chiedere una sigaretta. Non gliela potevo negare,

approfittai della lentezza per prendere il pacchetto. In modo da

rubare più tempo possibile. Aprendolo la sua mano ne prese una. Da

gran fumatore qual era, non aveva l'accendino. Forse era una mia

impressione, ma cercava l'accendino, con la stessa tempistica con la

quale avevo cercato le sigarette. La cosa mi faceva sorridere. Dopo

un minuto, la mia mano portava una fiamma. Arrossendo, mi

ringraziò. Chiedendomi di poter passeggiare con me. Mai e poi mai,

mi sarei potuto negare. Naturalmente tutto era un pretesto per

presentarci. "Mi chiamo Tom..." disse imbarazzato "... Ti ho visto...

ti ho notato nel ristorante. Come ti chiami?... Marco! Davvero?"

Mentendogli, esclamai: "Non sapevo ci fossi anche tu!" "Ne sei

sicuro? I miei amici giurano che mi stavi fissando..." disse sorridente

"... Ho degli amici bugiardi, oppure... oppure ho appena conosciuto

qualcuno di timido?" Gli sorrisi senza rispondere, ma nel mentre

rischiò di strozzarsi più volte, continuando a tossire, aveva gli occhi

in lacrime. "Invece posso costatare che il vizio del fumo ti si addice,

eh?" "In realtà è una cosa che odio, posso buttarla?" Un imbarazzo

totale lo pervase. "Certo! Che discorsi! Sembri troppo gentile per

morire così." In quel momento, guardandoci negli occhi,

scoppiammo in una grossa risata. Avevamo mentito entrambi,

sentendoci due completi idioti. Continuammo a passeggiare parlando

del più e del meno. Non perse occasione per raccontarmi un po' di

sé, del suo lavoro. Fra una risata e qualche goccia di pioggia, mi

raccontava i suoi impegni, nel gestire le risorse umane di uno storico gruppo bancario londinese. Non so se fu la voglia di sentire la sua voce, o semplicemente la mia timidezza, ma dopo le frasi di circostanza ero ammutolito. Averlo vicino mi metteva in soggezione. Non riuscivo a parlare, non so fosse il timore di sbagliare nel dire qualcosa o annoiarlo con qualche discorso, ma discorreva e io me ne stavo al suo fianco muto, come una statua. In fondo, quel mio silenzio disse molte più parole di quante la mia mente potesse pensarne. Il mio ascoltare venne interrotto, quando il suo telefono cominciò a squillare. Fu una lunghissima telefonata di lavoro, ma sinceramente continuò con un intenso gioco di sguardi. Chiudendola chiamata, si scusò e quasi rattristito, mi disse che sarebbe dovuto scappare. La sua mano, si era infilata nella tasca interna del cappotto, sfoderando un biglietto da visita. Un gran sorriso, smorzò quell'attimo e facendomi l'occhiolino, mi salutò e congedandosi: "Mi aspetto che lo usi... se ti va, s'intende. Possiamo che ne so... andare a mangiare la miglior tartare della città... o bere un caffè... vedi tu!

Attendo la tua chiamata. A presto!" Annuendo, gli risposi con un

largo sorriso, nel mentre era arrivato il taxi, per portarselo via. Wow!

Che assurda sensazione! Non ci avevo capito molto, ma non

importava di farlo. Era meglio non farsi tante domande. Lasciarsi un

po' andare mi avrebbe fatto bene. Ormai l'orologio segnava le sei.

Era diventato buio, ma la città si era accesa, assieme alle barche che

avevano messo in funzione le luminarie, e certi fari si proiettavano

per quello che sarebbe diventato il sabato sera; anche se la cosa non

mi scuoteva più di tanto. L'indomani mi sarei dovuto presentare ad

un appuntamento di lavoro con una mia cliente: la signora Elisabetta

Slide; mi aveva commissionato la ristrutturazione in toto, del suo

appartamento a Shoreditch, una strana zona, abitata da radical chic e

alternativi nella parta est della metropoli. Fermai un taxi e me ne

tornai a casa. Una strana sensazione mi aveva accompagnato, un brivido mi pervase, sentivo la schiena rabbrividire. Arrivato a casa,

non aprii la luce. Mi guardai intorno, gli scatoloni erano tutti dove li

lasciai, avrei dovuto sistemarli il prima possibile, ma solo a guardali

la voglia scappava via. Mentre mi avvicinavo alla finestra per

guardare la strada, la mia mano aveva tirato fuori, quasi d'impulso, il

suo biglietto. Lo fissai per qualche istante, sorridente. Pensavo che

non ero nemmeno arrivato in città, che già qualcuno, mi stava

facendo tremare la terra sotto i piedi, ma il suono di un rumoroso

clacson, mi riportò sul pianeta Terra. Decisi che sarebbe stato meglio

controllare la cartella della mia cliente, controllando le bozze, le

tavole con i colori e la campionatura. Avevo acceso il computer, e

mentre aspettavo che i file si caricassero, andai in cucina. Una buona

tazza di tè, mi avrebbe sostenuto. Lavorai fino a tardi, passando in

rassegna, con precisione maniacale, tutto il progetto. Il tè rimasto

nella tazza, si era ormai freddato. I miei occhi si chiudevano da sé davanti a quel monitor, forse sarebbe stato meglio dormire.

# Capitolo 2

Il taxi mi lasciò di fronte a un curioso caffè, dove avevo

appuntamento con la cliente. Era una singolare persona, sulla

sessantina, sempre ridente, ben curata, coi capelli raccolti in un

elegante *chignon* ed una portentosa collezione di borse assurde, dalle

forme strane e dai i colori più disparati; ma lei a differenza di molte,

sapeva portarle, il che faceva di lei, una gran signora. L'avevo

conosciuta ad una cena, organizzata dopo un vernissage di un'esotica artista cinese: tale Waco Hi, ostinato a proporre cilindri colorati, piazzati su sostegni metallici dai quali, secondo una sua perversa visione, si potevano capire e osservare i vari strati del subconscio umano. Elisabeth mi aveva preso subito in simpatia, tanto che il giorno successivo, si presentò in studio. Dopo aver analizzato delle bozze ed alcuni fotografici dei miei precedenti progetti, rivelò che avrebbe avuto bisogno di me per un paio di lavori: il primo era stato il suo appartamento di Milano, il secondo quello londinese. Mi salutò... con un tale entusiasmo da lasciarmi imbarazzato, per poi portarmi in un caffè. Dove Parlammo del più e del meno, finché non si stufò dei soliti discorsi, decidendo di portarmi in quello che da lì a poco, sarebbe divenuto un enorme cantiere. Finalmente avrei avuto la possibilità di tirare fuori mesi di lavoro e renderla partecipe. Non mi infastidiva la sua presenza, anzi i suoi modi erano stati sempre garbati e gentili. I suoi discorsi non erano banali, il più delle volte, ma quel giorno ero pervaso da uno certo nervosismo. La casa si trovava all'ultimo piano di un tipico palazzo dell'Est-Side, rivestito da una miriade di mattoni rossi; era caratterizzato da un susseguirsi di finestre, che lasciavano entrare centinaia di tetti. I vecchi proprietari avevano lasciato tutto, dandoci la possibilità di fruire d'un vecchio tavolo da pranzo, per mostrare tutto quel mio lavoro nella maniera più efficace. Il progetto finale, la colpì molto; e ne fu così entusiasta, da staccarmi l' assegno, e lasciarmi le chiavi. Prima di andarsene, mi salutò: "Sono sicura del tuo lavoro, hai un talento innato, spero di non sbagliarmi, ci vediamo il 15 ottobre." La guardavo stupito, mancavano più di sei mesi. Quel lavoro non ne avrebbe portato via più di quattro. Ne rimasi sorpreso, guardandola un po' sconcertato. Come donna, capì subito la domanda che di lì a poco avrei voluto porle, ma rispose semplicemente che sarebbe tornata in Canada a seguire i suoi affari, e che tornare prima di quella data le sarebbe stato impossibile. La salutai con forti rassicurazioni.

In fondo, l'avrei aggiornata costantemente con fotografie e video-

chiamate, direttamente dal cantiere. Uscendo mi lasciò solo in quella

casa. L'idea di essere lì, per di più solo, mi entusiasmava, dandomi

una carica irrefrenabile. Mi sentivo come un artigiano che con le sue

dita e sapienti tocchi avrebbe modellato la creta, un giorno dopo

l'altro. La polvere oscurava il vecchio pavimento, il mobilio lasciato

dai i vecchi proprietari, era ammassato al centro delle varie stanza,

coperto da enormi teli. Da quelle finestre, la città sembrava avere un

altra aria, meno caotica, più serena e distesa. Prima del mio arrivo,

già mi ero organizzato meticolosamente. Non avevo voglia di

perdere tempo a selezionare imprese, perciò avevo chiesto a un paio

di studi di Milano, se conoscevano qualche nome valido, ma tutti mi

consigliarono la stessa ditta, "Carter & Son", una società fondata da

un ex carpentiere. Aveva fatto una fortuna negli anni novanta, costruendo condomini fuori città. Carter si era fatto le spalle, giorno dopo giorno, conosceva meglio di tanti altri il giusto valore di tempo e denaro. Sempre in prima linea, nei cantieri passava da buttare giù muri, a stuccare crepe, senza battere ciglio. Questa tempra gli aveva elargito la sua fortuna, ma grazie a dio, non aveva perso l'umiltà, valore che gli permetteva di gestire tutto con disinvoltura e simpatia. L'essere stato dipendente per molti anni, era il suo grande asso nella manica. Lo contraddistingueva da una lunga lista di impresari in giacca e cravatta, molti dei quali si occupavano di gestire i loro affari solamente da dietro le scrivanie, non sapendo nemmeno dove si trovassero i propri cantieri. Una chiamata veloce e l'indomani, l'avrei visto per fissare un calendario dei lavori. Guardandomi nuovamente intorno, capii che per oggi il mio lavoro era finito, sarebbe stato meglio andarmene. Dopo aver chiuso la porta dietro me, le mani afferrarono il telefono. In fretta digitai il suo numero sulla tastiera.

Uno squillo, il secondo e poi finalmente una voce, la sua voce: "Pronto, chi è?" Un nodo mi bloccò la gola, non sapevo più cosa dire. In quell'istante, nella mia mente si fecero strada le frasi più assurde come "sono il ragazzo della sigaretta, sono quello che ti fissava al ristorante" o "sai quello che non ha finito di magiare perché la tua presenza l'ha saziato", ma dopo un momento, il coraggio si decise ad arrivare e portò con sé la voce: "Ciao, sono Marco, come stai? Che fai?" "Ciao... ora bene.. nulla, stavo vedendo alcune cose sulla agenda... tu?" " Io... bene... ho finito prima del previsto, di lavorare e mi chiedevo se... se insomma... sì, se ti andava di pranzare assieme?" La sua voce, da pacata, venne squillante: "Certo! Conosco un posto carino a Finsbury Circus. Ti va bene se ci vediamo là fra un ora? Ce la fai? Io non ho problemi a lasciare l'ufficio, dimmi solo fra quanto, e ti aspetterò", concluse. Ingoiai a vuoto, ascoltando la sua dolce voce, mentre diceva ti aspetterò. Gli risposi che andava benissimo. Con mano tremante le mie dite

cercavano di chiudere la chiamata. Erano le undici e mezza, mi

trovavo su Worship St. non molto lontano da dove avremmo dovuto

vederci. Dalla foga di sentire la sua voce, avevo lasciato tutto, la

cartella, le bozze e la mia tracolla in appartamento. Ma non mi

importava molto, in fondo quelle cose non mi sarebbero servite.

Guardavo l'orologio con aria nervosa. Mi ripetevo quanto potesse

durare un ora. L'impazienza si faceva sentire sempre più. Dentro, mi

si era scaturita un miscela emozionale: una voglia quasi demoniaca,

portava i miei piedi in una direzione. Nella mia mente erano

proiettati i suoi occhi. Non riuscivo a capacitarmi di quelle

sensazioni. Migliaia di domande si facevano largo in me, fra un

passo e l'altro, ognuno dei quali mi avrebbe guidato alla sua

presenza. Non ero abituato a provare quelle emozioni che a tratti

sembravano sconosciute; ma cercai con tutte le mie forze di

archiviare ogni domanda, e continuai fingendo la mia indifferenza.

Il cuore mi batteva forte. Un magnetismo paralizzava la mia mente, la mia bocca era immobile, nella mia testa tuonava il timbro della sua voce. Così caldo! Così avvolgente! Non ce la facevo più a far finta di non udire quei quesiti. Avevo deciso di ascoltarli. Nel tragitto che mi separava da lui, avrei cercato di offrire delle risposte.

Ero spiazzato da quel mio stato, non capivo, insomma era bello, ma perché sentirmi così? Perché la mia gola si era seccata? Perché, da quando avevo chiuso la telefonata, non mi riconoscevo più? Cos'era cambiato? In fondo sarebbe stato solo un pranzo. Alzai gli occhi, mentre il Sole brillava, il cielo limpido faceva scintillare le vetrate di Liverpool Station e ad un tratto, un sorriso mi si stampò in faccia. Senza nemmeno rendermene conto ero arrivato a destinazione. Lui era ad aspettarmi. Nel vederlo tutta quella mia agitazione era svanita, senza nemmeno rendermene conto. Mi accolse con un grande sorriso. Gli dissi "ciao", ma non mi accontentai, avevo le braccia desiderose del suo petto. Non so la ragione, ma erano spinte ad abbracciarlo, a stringerlo, a sentirlo mio. Gli rivolsi uno sguardo, ma sotto quel Sole, due occhi soltanto non sarebbero bastati per ammirarlo. "Ho fatto prenotare un tavolo... però... però toccherà rivederci, perché qui la carne non la cucinano, e io le promesse intendo mantenerle", disse sarcastico. Voltandomi, scoppiai in una sonora risata. Non mi importava affatto di mangiare, l'importante era vederlo; ma credo che questa sensazione di sazietà apparteneva un po' a tutte a entrambi. Cercai di annuire in segno di approvazione, nel modo più serio possibile. Vederlo mi faceva sentire sciocco, mi dava imbarazzo, come se fossi stato davanti ad una platea, privo del discorso da pronunciare. Un vestito blu, una camicia bianca, coprivano la sua pelle. Sotto il Sole sembrava brillare come un diamante. Rivederlo mi aveva dato quel tanto di sicurezza in più, da farmi sentire invincibile. Il ristorante era il classico posto per

appuntamenti di lavoro, formale, ma con menù veloci, il giusto

equilibrio fra presentazione e sostanza. In quella zona della città il

tempo costava più del petrolio. Prendemmo posto in fondo al locale,

vicino a una lunga vetrata che dava su un patio, il cui interno

ospitava un giardino zen. Notai che non c'erano grandi tavoli, la sala

era composta da tavoli per due, massimo quattro commensali. I

tavoli, erano coperti da tovaglie di lino color sabbia, i piatti erano di

un pallido celeste, sormontati da un tovagliolo color caffè, e al

centro, un cubo di legno scuro, con una pianta di un verde acceso.

Era veramente un posto carino, ben realizzato e curato con assoluta

minuzia, in ogni dettaglio. Se un oggetto aveva trovato posto, voleva

dire che era stato posizionato, dopo un attenta analisi, per

armonizzare l'ambiente ed ogni suo elemento. Tale cura, lo rendeva

perfetto per il nostro primo appuntamento. La cameriera arrivò sorridente, consegnandoci i menù, e lasciandoci scegliere. Cominciò

a parlarmi, non lo volevo interrompere, avevo voglia di ascoltare la

sua voce, come il giorno prima. Avevo voglia di vedere le

espressioni che assumeva il suo viso, mentre cambiavano le parole.

Ascoltandolo, sembrò sparire tutto il resto, ma un'interruzione del

proprietario, mi portò a vedere tutto nuovamente. Il mio commensale

lo salutò con aria servizievole e mi stupiva, ma non volevo dare

molta importanza alla cosa. Mi presentò e con modo disinvolto, gli

strinsi la mano. Quel signore aveva un'aria così inusuale, portava un

abito da sera, in pieno giorno, quelli con la giacca e il *gilet*. La sua

faccia era quella di uomo soddisfatto della vita, soprattutto della sua

carriera. Con la coda dell'occhio, lo vidi fermarsi a parlare con la

ragazza che ci aveva accolti, le stava farfugliando qualcosa, mentre

fissava il nostro tavolo. Intanto, la mia conoscenza mi stava fissando,

aprì leggermente le labbra, mi guardò e chiese: "Hai scelto cosa magiare?" Senza alzare gli occhi dal menù gli risposi: "In realtà, no!

Cosa mi consigli?" "Oh beh, l'insalata di polpa d'astice è squisita! Se

posso te la consiglio di gusto", disse sorridendo. "Ho l'impressione

che sia una cosa che ti piace molto vero?", gli risposi sorridendo.

"Beh, veramente vengo qui appositamente" disse. Uno strano rossore

gli pervase le guance. Fu una cosa strana, ma dolcissima. Ci sono

delle abitudini scontate, ma quando gli altri ce le fanno notare ci

imbarazzano a tal punto da farci sentire come se fossimo nudi.

"Allora vada per l'insalata", replicai sorridendo. Cominciammo a

parlare senza sosta, come se tutti quei silenzi che avevano

caratterizzato l'incontro del giorno precedente, non fossero mai

esistiti. Parlammo degli argomenti più svariati. Parlammo di viaggi,

della città, parlammo di noi e della passione comune per l'arte

contemporanea. Mi raccontò del suo viaggio in Argentina, lo

ascoltavo immaginandolo, mentre fissava i pinguini nella terra del fuoco. Nella mia mente scattò uno strano flash, che mi fece sorridere.

Si fermò e mi chiese la ragione di quei sorrisi. Non riuscendo a mentire, risposi semplicemente che lo immaginavo incravattato come in quel momento, in mezzo ai pinguini. Scoppio in una fragorosa risata, cominciammo a ridere senza motivo, i pinguini e le cravatte contavano ben poco. Quelle risate, smorzavano una tensione interiore che solo un grande incontro può regalarti. Finimmo di magiare. Mi chiese quali programmi avessi per il pomeriggio, ma senza nemmeno accorgermene ci trovammo ad Hyde Park a passeggiare e di tanto in tanto a sederci sul prato; ma non per riposare, forse per osservarci meglio, in totale silenzio. I suoi tratti erano quasi squadrati, eppure dolci, un mento deciso dava fine a un viso ben proporzionato, in tutto e per tutto. I suoi occhi verdi brillavano sotto il Sole. Non ne capivo il motivo, ma mi sentivo felice, pieno ed appagato. Non conoscevo quella persona, ma una parte di me, sapeva per certo di esserne perdutamente innamorato.

# Capitolo 3

I lavori erano partiti. Gli operai avevano sgombrato

l'alloggio, in modo da poter buttare giù alcune pareti, avrebbero

lasciato spazio ad una grande zona giorno. Avevo deciso di

appendere delle planimetrie, così da non dover rispondere mille volte

alle stesse domande, mentre agli idraulici e agli elettricisti, avevo

consegnato le mappe, in modo da potersi rifornire del materiale

necessario, da non avere ritardi sulla tabella di marcia. Tutto sembrava procedere al meglio. Dopo dieci giorni, i lavori erano

partiti alla grande. Controllando delle crepe, il telefono mi vibrò, era

lui. Avevo un suo messaggio: "Buongiorno! Ieri è stato troppo breve.

Non vedo l'ora di rivederti!" Da quel pomeriggio al parco, ci

eravamo rivisti solamente un paio di volte. Le riunioni di lavoro lo

sommergevano di continuo, ma riuscivamo comunque a sentirci e

quando si riusciva, ci si vedeva. Un sorriso aveva solcato il mio

volto. Il rumore delle mazze che bucavano le pareti era svanito, così

come le nuvole di polvere. Fissai il telefono per un attimo, e lo

chiamai immediatamente. La stessa emozione della prima telefonata,

mi aveva quasi stordito. La sua voce che mi salutava: "Ehi, ciao...

Come va? Che combini? Non ho molto tempo... ho in mente di

portarti in un posto carino, per pranzo...", terminando a questo modo

la chiamata, senza dare tante spiegazioni. Dall'altra parte, la sua voce

chiedeva di non chiudere, voleva ancora parlami. Erano le nove mattutine, ma per la fretta di accogliere gli operai non avevo nemmeno fatto colazione, cosa che mi portò a fiondarmi nel primo caffè nelle vicinanze, ordinando un espresso e un muffin. Guardando l'ora, pensavo al da farsi, prima dell'una; erano veramente troppe.

Buttai giù una lista di cose da fare, dettata la mia mente; cercando di andare in base alle priorità: in cima c'erano delle chiamate di lavoro, ma a scendere c'era un ristorante dove ordinare il pranzo. Ne trovai uno carino, subito dopo l'angolo. Dove una donna sorridendo prese il mio ordine: un paio di portate ed una bottiglia di vino. Tornando in cantiere, una vetrina ricolma di galanterie ed oggettistica, dove sembrava che non mancasse nulla, attirò la mia attenzione. In alto a sinistra, aveva esposto un bellissimo cesto in vimini, da *pic-nic* uno di quelli di un tempo, con all'interno un set di posate, delle porcellane, e calici di cristallo. Entrando all'interno, senza neppure chiedere il prezzo, guardai la signora dicendole: "Lo prendo!" Tutta entusiasta, mi sorrise e con un tono quasi cinico disse: "Buongiorno

anche lei!" Un imbarazzo sembrava trasalirmi dal profondo. "Scusi!

Buongiorno...", sorridendole. Mi sentivo come un bambino in un

negozio di caramelle che veniva guardato male dalla madre, beccato

a prendere le cose, senza permesso. Superati i convenevoli, si

affrettò ad impacchettare il mio acquisto. Mi guardavo intorno, c'era

veramente di tutto: scatole di latta, vinili, stoffe. Furono proprio

queste ultime a rubare la mia attenzione. Una vecchia libreria,

trasformata in espositore, ospitava centinaia di metri di stoffe.

Piegate e sapientemente impilate, formando un una strana cromia.

Chiesi alla signora che nel frattempo aveva terminato, da dove

proveniva quel materiale. Le si rattristò il volto. Un ombra di

malinconia, volò sopra i suoi occhi grigi. Si avvicino sfiorandole:

"Da un vecchio teatro. Un tempo ci lavoravo... bei tempi, ma ora chi

va più a teatro? Era tutto diverso, Londra era diversa." Un grosso sospiro... e tentò di continuare. "Erano le scorte per i costumisti.

Stavi cercando qualcosa in particolare?" "Forse si!" Un idea assurda

quanto folle, aveva attraversato la mia mente, prendendo vita in

quella mia risposta. Nella moltitudine scelsi alcune varietà di

metrature importanti. Al conto, si aggiunsero anche delle candele e

alcuni cuscini. Finalmente avevano finito di abbattere le pareti,

stranamente stavano già pulendo. Guardavo fiero quegli uomini. Nel

giro di poche ore avevano reso un cubicolo di stanze, un enorme

spazio. Con una scusa, spedii tutti quanti a casa. Osservavo attorno,

accorgendomi della polvere sul pavimento, lo fissai per un attimo,

afferrai la scopa per spazzare. Avevo bisogno che tutto fosse pulito

per l'una. Intorno a me c'era qualcosa di decadente, ma fascinoso.

Strappai con vigore, la debole carta che avvinghiava quelle vecchie

stoffe. Grazie a dei ganci, ne fissai alcune al soffitto, formando un

baldacchino, altre le apposi alle pareti, coprendole, mentre le rimanenti furono adagiate a terra, come se fossero state dei tappeti.

Dopo poco, quella stanza sembrava un gigantesca tenda orientale.

Spaziava dal rosso più vivo al blu cobalto. Gettai sul pavimento

alcuni cuscini per formare due sedute. Dal cesto tiravo fuori i piatti, i

calici e le posate, apparecchiando una tavola immaginaria, terminai

accendendo le candele sparse qua e là. Una strana sensazione,

continuava a dirmi che era sicuramente  tardi, e mi affrettai a

indicargli l'indirizzo. Schiacciando il "tasto invia", il mio cuore per

un attimo, si era fermato. Mi chiedevo cosa stessi facendo. In fondo,

quella non era nemmeno casa mia; ma una scrollata di spalle, e un

sospiro cercarono di rispondere. Uno sguardo all'orario, mi ricordò

che era arrivata l'ora di ritirare il pranzo. In mano avevo dei vassoi.

Non mi andava di pranzare in miseri piatti di carta, ma il vibrare

nella tasca, mi stava facendo cadere tutto per la scale. Non appena

aperta la porta, lasciai i vassoi su degli scrittoi che lo sgombro non aveva portato via. "Scusa! Avevo le mani impegnate..." "Tranquillo!

Sono qui... dove mi hai scritto." "Ok! Allora, scendo subito."

Qualche minuto di ritardo, non lo avrebbe portato via, ma mi davano

il tempo per sistemare per bene le portate. Chiudendomi dietro la

porta, afferrai un lembo di stoffa blu. Esitavo nell'osservarlo, ma con

mano sicura, cercai di aprire la porta dell'androne. Mi guardò stupito.

"Uhm... Non sapevo ci fosse un ristorante, qui! E se non sbaglio...

casa tua è giusto dall'altra parte della città. Hai intenzione di

rapirmi?" "Dai entra, e non fare domande." La sua curiosità

cresceva, ma le mie dita sulle sue labbra servirono a zittirlo. Prima di

entrare in ascensore, l'avevo bendato, rendendolo cieco. Ad ogni

piano... che passava, il mio cuore palpitava sempre più forte. In quel

dolce salire, mi colse la mano. Era la prima volta che la sua pelle

toccava la mia, i mie nervi non riuscirono a reggere. Appena presa

tremava, ma lui la strinse più forte, calmandomi. Chiusi gli occhi. In quell'istante le porte del ascensore si aprirono. Gli sussurrai

delicatamente di avere ancora un attimo di pazienza. Cercai di aprire

la porta, senza spezzare quel dolce contatto. Lo spinsi avanti e lo

sbendai. Mi afferrò anche l'altra mano e mi strinse forte al suo petto.

Riuscivo a sentire il suo cuore battere. Riuscivo a percepire il suo

sangue scorrere, le sue pulsazioni si facevano sempre più forti. I suoi

occhi brillavano. Nel frattempo le sue dita avevano incrociato le mie.

Ci fissammo per un attimo. Le sue labbra si avvicinarono alle mie.

Sentivo quel morbido profilo appoggiarsi delicatamente al mio,

facendo entrare la sua lingua nella mia bocca. Grazie ad una

miracolosa forza cosmica, ci abbandonammo sereni a quel primo

bacio. Ancora oggi ne sento il sapore in bocca. Non riuscivamo a

fermarci. Avrei voluto spogliarlo, sentendo, così, la sua pelle sulla

mia. Avrei voluto stringerlo e possederlo. Il suono del telefono,

fermò quell'alchimia. Portandomi a staccarmi da lui, chiedendo scusa. Una voce amichevole, mi salutava. Era Benedetta. Negli

ultimi anni non eravamo riusciti a sentirci più di tanto, ma con lei era

un discorso sempre aperto. Da quando si era trasferita per lavorare in

un giornale di Londra, ci eravamo un pò persi, ma aveva saputo da

Lorenzo del mio trasferimento, a tempo indeterminato, nella sua

stessa città. Anche se avevo voglia di parlarle lungamente, la salutai

dicendole che ci saremmo sentiti più tardi. Non volevo sprecare

minuti così preziosi, stando al telefono. Lui si era accomodato sui

cuscini, guardandosi intorno. Intanto, aveva stappato una bottiglia,

versato il vino nei calici e ne porse uno. Sorridendogli, lo presi

delicatamente. Quel pranzo portò a perderci in una infinità di

discorsi, tanto da sentirci l'uno per l'altro. Purtroppo, se ne andò via

presto questa volta, un importante riunione lo attendeva nel primo

pomeriggio. Nel salutarlo, lo stringevo forte a me. Avrei voluto

sopra ogni cosa che rimanesse lì. Lo avrei voluto rapire, portandolo su un isola deserta e conoscere tutto di lui; ma i miei occhi si

riaprirono e il mio tentativo di fuga svanì... nell'attimo in cui la

palpebre si posero sulle arcate superiori dell'occhio. Ci salutammo

con un bacio. Era diverso, meno imbarazzato, ma più profondo,

nonostante fosse la seconda volta ed il mio corpo reagì esattamente

come la prima. Rimasi sulla porta, guardandolo aspettare l'ascensore,

lo afferrai per i fianchi e lo strinsi a me. Il mio corpo lo desiderava,

ancora. Dopo un pranzo così non avrei avuto la concentrazione per

occuparmi di antiquari e tappezzieri. Avevo un mondo di cose da

fare, ma il mio corpo, così come la mia mente, si rifiutavano di

collaborare. Mi guardai intorno, nell'aria c'era il nostro sapore, c'era

ancora lui. Decisi di chiamare Ben, così la chiamavo dai tempi del

liceo. Avevo voglia di  rivederla, ero curioso di sapere di lei. Era

stata per un gran pezzo della mia vita, una pietra miliare. Una di

quelle persone con la quale condividi tutto, dalla prima sigaretta, alle uscite in discoteca, alle estati, sopratutto quelle spese in Grecia; i suoi genitori avevano una casa da quelle parti. Quei due mesi... che aspettavamo con ansia ogni anno, ci regalavano una fantasmagoria di momenti, fatti di lunghe serate a parlare in riva al mare, di falò con bizzarri turisti olandesi, e di presunti amori impossibili. Eravamo inseparabili, al punto che tutti quanti pensavano a noi come ad una coppia. Dopo la maturità, le nostre vite si allontanarono: io scelsi Milano; lei stravagante come sempre, salì su aereo e se ne volo oltre mare, a New York a studiare giornalismo. I cinque anni di università avevano interposto una certa distanza, ma ci sentivamo spesso, via mail per lo più. Appena uno dei due poteva, andava a trovare l'altro; ma al termine degli studi, il tempo, si sa, assume un altro valore. Il suo master e i miei viaggi non avevano dato molto spazio ai nostri incontri. Mi tornarono in mente un sacco di ricordi. Una ventata di serenità arrivò a calmarmi. La richiamai come promesso. Ci accordammo per vederci a casa sua. Abitava a Brick Lane St. non molto da lontano da dove mi trovavo. Il cielo, quel giorno era coperto da una coltre di nubi, offuscando il Sole, ma quella zona della città, era meravigliosa lo stesso: si caratterizzata per una serie di edifici, non più alti di quattro piani, che lasciavano intravedere le sommità dei grattaceli nel quartiere finanziario. Quella strada era piena di ragazzi, vestiti in maniera stravagante: passavano da un *retrò* anni sessanta, a un stemperato stile primi anni ottanta, con pantaloni attillati e chiodo. In fondo, mi piaceva quell'aspetto della città. Mi affascinava, passare da un quartiere all'altro, vedendo così le persone cambiare di strada in strada. Non mi fu difficile trovare il palazzo dove abitava. Suonai il campanello ed una voce con timbro squillante urlo: "Terzo piano!" Dopo tre piani di rampe, mi trovai in un *loft* dal sapore punk, pieno di riviste, dischi di gruppi degli anni settanta e ottanta, e poster attaccati in  disordinatamente su quasi tutte le pareti. Vecchie poltrone di pelle marrone, usurate dal tempo,

formavano il salotto. Mi strinse forte, colmandomi di baci e carezze.

Un attimo per osservarci meglio... e tornai ad abbracciarla. In

quell'istante, avevo capito di aver riscoperto un pezzo della mia vita.

# Capitolo 4

Passammo il pomeriggio insieme, raccontandoci due anni di

trascorsi e di novità. Gli raccontai del mio lavoro, della mia fuga

dall'Italia, del mio bisogno di tirare una linea netta con il passato. Mi

aveva raccontato della sua nuova vita e di James, il suo nuovo

amore; un chitarrista che cercava di sfondare nel panorama musicale

da molto tempo. Era cambiata: la ragazza che si divertiva a giocare

con gli uomini, quella viveva sempre sulla cresta dell'onda, aveva lasciato spazio ad una donna sicura di sé, dal retrogusto noir. Sarà stato per il suo nuovo look, un carré castano, smorzato da una netta rasatura sul lato. I suoi profondi occhi azzurri, venivano marcati da una matita nera, quasi a soffocarli. Era vestita con un attillata giacca nera, una maglia bianca, con segni molto grafici, e dei pantaloni neri. Semplice, ma sicuramente lontana dalla ragazza dei mie ricordi. Mi piaceva quella sua nuova versione, anche se allo stesso tempo mi lasciava perplesso. Rimanemmo a parlare per ore, bevendo birra e fumando come turchi. Ridevamo come bambini, raccontandoci gli aneddoti più disparati, appartenenti ormai a una vita fa. Il nostro conversare leggero, finì collo squillo del mio telefono. Era Tom. La sua voce mi persuadeva. La riunione era terminata, ma quel bacio gli aveva lasciato ancora tanta voglia di me. A differenza dell'altra telefonata non ero riuscito a mentire: gli dissi semplicemente che ero da una amica speciale. Non chiese molte spiegazioni e prima di chiudere, disse semplicemente: "Avevo bisogno di sentirti, non mi va più di lavorare. Mi stai rubando la concentrazione". Sentivo le mie guance scaldarsi, un velo di imbarazzo scese sul mio volto. Gli risposi che l'avrei chiamato più tardi. Finita la chiamata, Ben mi fissava come un Pastore Tedesco e mi pose la domanda che aspettavo oramai da due ore buone: "E allora, trovato l'uomo perfetto?" Riuscivo solamente a sorridere, non sapevo come giustificare a lei che leggeva la mia anima meglio di chiunque, questo piacevole ciclone nella mia vita. Cercai di rispondere, imbarazzato più che mai: "Due settimane sono abbastanza per deciderlo?" Mentre dicevo quelle parole, mi rendevo conto che lo conoscevo da una manciata di giorni; ma non riuscivo neppure a pensare ad una sua possibile assenza nella mia vita, forse inconsciamente l'avevo metabolizzato come costante, non come una variabile indipendente. Scoppio una grossa risata, dicendomi: "Tu

Marco Rovere, innamorato? Questa è bella! Tu che aborrivi l'amore, come l'inquisizione le streghe?! Ah,ah, ah, ah! Questa mi è davvero nuova! Il tempo cambia le persone, eccome." Mi aveva spiazzato, avevo dimenticato fino a quel momento il mio rapporto cinico e algido con l'amore. Non che non lo avessi mai considerato, ma dopo varie analisi ero giunto alla conclusione che non faceva per me. Avevo deciso di dare altre precedenze alla mia vita, come la carriera, la bella vita, i viaggi e soprattutto gli amici. In una vita come quella, non ci sarebbe stato spazio per una relazione sentimentale e soprattutto non la volevo trovare. Preferivo avere avventure di una notte, però mai con la stessa persona, non volevo creare intimità. Non mi andava di legarmi. In realtà non avevo mai dato peso all'eventualità di una famiglia, una casa o semplicemente una potenziale persona con cui condividere le abitudini, il mio letto, la mia cucina. Era un "no" perentorio. Non volevo disfare la mia vita fra le braccia d'amore. La mia mente aveva analizzato questa mia sfaccettatura in una manciata di minuti, dandomi subito la sua controparte: Tom; ma in questo caso era tutto diverso, c'era una strana alchimia, un'esigenza, forse patologica, a legarmi a lui. Una parte di me ne aveva bisogno: aveva bisogno della sua voce, delle sue mani e dopo quel giorno, avrebbe avuto bisogno delle sue labbra, ma l'altra tremava; tremava il mio sistema nervoso davanti a tanta petulanza affettiva. Mi ero accorto che mentre la mia mente era ormai diventata una tribuna televisiva, dove i neuroni si battevano a gran voce per aver ragione in questo quesito, o in quell'altro, due occhi celesti mi stavano fissando. Ben, aspettava ancora una mia risposta. "Il tempo no, ma sicuramente le giuste persone, sì." Mi guardo sconcertata, come un bimbo davanti a una strana trasformazione aliena. "Cara, Ben... Non lo so cosa mi sia successo, non me lo spiego... Arrivo qui, vado a mangiare un ristorante e... E incontro Tom... non so cosa sia successo. C'è qualcosa di diverso in lui che fa sentire diverso anche me. Mi intimorisce, ma allo stesso tempo... sì, allo stesso tempo mi fa sentire bene, ma non quel bene che... che ti rassicura e ti fa sorridere, un altro tipo di bene, mi fa sentire in ordine dentro. Il caos svanisce quando sento la sua voce, c'è una sorta di armonia nella mia anima e tutto ciò è pazzesco... voglio dire non so praticamente niente. So solo che non me lo levo dalla testa." Non fu più lo stupore a segnarla, ma il silenzio e la cosa mi preoccupava molto. "Se pensi che abbia bisogno di un buon psicanalista lo comprendo, ma non ci andrò." Si avvicinò, abbracciandomi in maniera forte e sicura, trasmettendomi una tranquillità della quale avevo assolutamente bisogno. Si scostò leggermente, e replicò lentamente: "Ok!" Per poi riprendere con uno strano sorriso: "Partiamo da questo presupposto: tu sei una della persone a cui tengo di più, e... non ti manderei mai da uno psicanalista! Beh, perché... se mai ti dovesse servire... sì... ci sono io. E poi, beh, poi... raccontami tutto." La mia tensione nervosa si placò. Lasciandomi raccontare, Ben rimase per tutto il tempo ad ascoltarmi, in silenzio. Quel buttar fuori ad alta voce, non so il motivo, rendeva tutto più reale. Finito il racconto, mi prese le mani e disse: "Lo sapevo! Hai sempre allontanato le persone, e tutto ad un tratto ti innamori perdutamente. È da quando avevi quattordici anni che penso a questa cosa e ti fa apparire pazzo", disse ridendo. La guardai accigliato, ma senza proferire parola. Concluse: "Dai, scherzavo! Ricordi mio zio Alfredo, cosa diceva delle automobili? Ogni auto ha il suo autista." "Questo tuo sillogismo, fra il tuo caro zio pazzo, le auto ed il sottoscritto è agghiacciante sul serio, ma rende l'idea, anche se non è che mi faccia impazzire." Avevo capito cosa intendeva: ero fregato, ma stando a questo suo trittico, ero in moto, e quel vuoto che mi aveva corroso negli anni stava sparendo. Il

Sole, trapassava le vetrate, una luce ambrata si faceva spazio fra le

nuvole. Ci salutammo, ripromettendoci che non appena possibile ci

saremmo rivisti. Mi ritrovavo di nuovo in quella assurda strada,

popolata da bizzarri "elementi". Nel tragitto in taxi gli telefonai,

volevo sentirlo nuovamente. Giunsi a casa conversando al telefono,

lo salutai ancora e decisi che era tempo di tirare fuori mobilio e

quant'altro dagli scatoloni. Passai tutta la sera a sistemare libri e

oggetti in giro per la casa. Una volta finito, spalancai le tende delle

porte-finestre, spensi la luce e mi gettai sul letto, osservando il

mondo che correva la fuori, mentre il mio, quello interiore, si era

fermato, aveva trovato il suo baricentro.

# Capitolo 5

I giorni passavano in fretta. Io ero preso a gironzolare nei dintorni della città per trovare pezzi adeguati a incorniciare l'appartamento. Nel frattempo, prendeva forma, avevano finito gli impianti e intonacato a nuovo le pareti. Prossimamente, avrebbero posato un elegantissimo parquet a listoni in teak lucido per tutta la casa, e uno opaco per il terrazzo, quasi grezzo. Il progetto era ormai avviato, procedeva da solo e gli intoppi, se ma ci fossero stati, si sarebbero verificati più avanti: nel momento in cui si sarebbero

rifiniti dei punti ben precisi, situazioni duranti le quali avrei

presenziato con occhio solerte, ma per tutto ciò si avrebbe avuto

tempo nei mesi a venire. In quelle mattine, il buon umore mi

svegliava. Ormai, avevo preso confidenza con la nuova casa, con la

nuova vita. Tutto sembrava procedere per il verso giusto, il mio

feng-shui era diventato imbattibile, a questo punto. Con Tom, ogni

giorno era una sorpresa: riusciva a meravigliarmi giorno dopo

giorno. Faceva crescere dentro in me quel sentimento che ormai non

mi dava più tregua, anche se eravamo presi da due ritmi di vita ben

distinti: il mio altalenante, il suo costante ma sempre di fretta.

Quindi, più che costante, la sua si definiva crescente. Ritagliavamo i

nostri spazi, consolidando le nostre piccole abitudini, anche se in

poche settimane, come vederci a pranzo; e quando poteva, ci si

incontrava anche solo per un caffè nel tardo pomeriggio. La sera eravamo esausti il più delle volte, ma nonostante tutto riuscivamo a vederci lo stesso. Momenti rubati, nei quali dissolvevano i rumori, le preoccupazioni giornaliere. Non facevamo mai follie o nottate bianche. Il più delle volte, andavamo al cinema a vedere gli spettacoli più diversi, non perché non avessimo inventiva, ma perché gran parte di queste rappresentazioni, si tenevano in piccoli teatri attempati, poi convertiti in cinema, dove proiettavano datati film in bianco e nero che avevano una propria anima singolare. Era affascinante starsene in quei posti a guardare "Eva contro Eva", "Julie e Jim" o "Hiroshima mon amour". Invece, nelle sere nelle quali la pioggia non smetteva di infrangersi sulle strade, stavamo a casa mia, insieme a Ben il suo James ed altri nostri amici. Passando le ore a cucinare le cose più assurde. C'era un coordinazione fra noi che non aveva bisogno di parole. Ben, continuava a dirmi che eravamo smielati. Dal canto mio, le rispondevo che se mai ci fosse venuto il diabete, per tanta dolcezza, l'avrei chiamata per l'insulina.

Forse aveva ragione, ma era perfetto così. Una sera piovosa, si

trasformò in una delle più intense. Avevamo deciso di starcene da

soli e cucinare tanto, solo per il gusto di farlo: una battuta di carne,

ravioli ripieni, dei filetti d'agnello in crosta, accompagnati da una

salsa a base di zenzero e curcuma. Insomma la cucina di lì a poco

sarebbe diventata un ring all'ultima padella. Avevo fatto la spesa, nel

pomeriggio, per non perdere tempo. Tutto era pronto per essere

cucinato. La mano accese la radio, con un vecchio cd degli Air.

Qualcosa in me, voleva dargli un copia delle chiavi, ma non trovavo

mai l'occasione adatta. E quella sera, sarebbe stata perfetta. Avevo

deciso di nasconderglele dentro il tovagliolo, così da togliere

l'imbarazzo. Puntuale, suonò il campanello. Lo baciai e lo strinsi a

me. Baciandogli il collo, che profumava di buono. Mi avvinghio a

sé, mi abbandonai alle sue forti braccia, alle sue mani che mi sbottonavano la camicia. Ad ogni bottone aperto, sentivo le sue dita

scorrere sul mio petto, brividi intensi percorrevano la mia nuda

schiena. Le mie mani lo svestivano. Percorrevano il suo collo, le sue

spalle. La sua schiena liscia e forte, come una roccia. Attaccati l'uno

all'altro, ci portammo in camera per abbandonarci sul letto ai nostri

piaceri che crescevano, sempre di più. Ogni bacio, ogni pulsazione

era come una scossa, i nostri corpi vibravano, trovando puro

godimento in quegli istanti. La mattina seguente ci svegliò il Sole

che pose i suoi raggi, sui nostri corpi semi coperti, intrappolati in una

morsa. Erano le nove, ma fortunatamente era sabato. La banca

sarebbe rimasta chiusa, come il mio cantiere. Mi slegai da lui

delicatamente, in maniera da non svegliarlo. Andai in cucina e con

fare silenzioso cercai di imbandire la tavola per una colazione regale,

degna di quella notte. Avevo dei fiori, e volli metterli in un vaso che

posizionai sulla tavola. Mi fermai alcuni istanti ad osservarlo, il suo corpo nudo, perfetto steso davanti a me, cogli occhi ancora chiusi, ancora incosciente. Notavo la sua mano muoversi in direzione del cuscino vuoto. Non trovandomi, gli si aprirono gli occhi di scatto, ma uno sguardo che mi trovò sulla porta. "Buongiorno, amore!" Ascoltando quelle parole, il cuore sembrava saltarmi in gola. Una patina cristallina sembrava offuscare i miei occhi. Ero felice. Il mondo sarebbe potuto finire in quel momento, sarei morto sapendo, ma soprattutto percependo di avere tutto. Un sorriso e cominciò a battere la mano sulla parte vuota del letto, chiedendomi di sdraiarmi, vicino a lui. E così fu. Lo baciai e lo strinsi a me. Dopo qualche minuto, lo presi per mano e lo portai in cucina dicendogli: "Et voilà, signor Bettery la vostra colazione." Baciandomi, mi sussurrò "grazie" di un così fantastico risveglio. Eravamo seduti a tavola, l'uno di fronte all'altro, per tuffarci in quel ben di Dio che avevamo davanti. Ci ammiccavamo reciprocamente, senza parlare. Il Sole era già alto, irradiava tutta la casa ed un raggio si posò sul suo volto, facendogli brillare gli occhi ridenti. Spostando il tovagliolo, si accorse delle chiavi. Per un attimo, le fissò accigliato, forse non aveva capito, ma subito dopo un suo sorriso, mi ringraziò. Gli afferrai la mano. La colazione era finita, ma il mio corpo aveva ancora desiderio di lui. Tornammo a letto, fino al tardo pomeriggio. Nudi a fissarci, con un dito seguivo il suo volto, sentivo le sue mani afferrarmi la schiena, avvicinandomi al suo corpo caldo. Lo guardavo, ammutolito, ma la sua voce fermò tutto: "Cosa stai facendo?" Abbassai lo sguardo per un attimo, ma poi lo rialzai e tornai a guardarlo: "Nulla! Ti sto scolpendo dentro la mia mente, in modo da incatenarti per sempre." Mi sorrise e mi baciò. Il suo timbro di voce si era alzato: "Ora, sei per me la cosa più importante... e, se mi permetti vorrei non lasciarti mai." Non avevo nessuna intenzione di farlo, lo strinsi forte a me, gli baciai il lobo del orecchio, sussurrandogli: "Te lo permetto, perché ormai sei mio, perché ti desidero più di ogni altra cosa, perché anche avendoti, così come ora, puoi bastarmi. Non riesco a saziarmi di te. Non potrei considerare una vita, con la tua assenza, sarebbe come non respirare... sarebbe... come morire." Abbracciandoci intensamente, avevamo capito di essere completi. In quel preciso momento, le molecole dei nostri corpi entrano in una sorte di sinapsi, formarono un legame permanente. Dei ponti inviolabili, unirono due identità in una sola. Erano già le sei. Lo sguardo al mio orologio, ci ricordava l'invito di un nostro, nella sua galleria d'arte. Inaugurava la personale di un artista che aveva passato tutta la sua vita a raccogliere oggetti in giro per la città e per il mondo. Ora, stanco di viaggiare li aveva connessi fra loro, mantenendo però la loro unicità, formando dei gruppi rappresentanti l'uomo e suoi vizi, l'universo e il suo cosmo, la società e suoi difetti. L'idea di lasciare quella casa mi annoiava, ma alla fine il gallerista era un suo caro amico, quindi cercai di non argomentare

più di tanto. Preparati di tutto punto, con giacca e camicia,

attendevamo l'ascensore. Mi voltai verso di lui per sottolineargli che

avremmo dovuto chiamare un taxi alla svelta, eravamo già in ritardo

di un'ora. Con fare tranquillo, mi disse di non preoccuparmi. Ci

aveva già pensato lui, mentre io ero sotto la doccia. Le mie mani

aprirono il portone. Davanti a noi era parcheggiata una Maserati nera

e brillante, elegantissima come solo quella macchina può esserlo.

L'autista si tolse il capello e salutò, aprendoci la portiera: "Signor

Bettery, prego!" Gli lanciai un occhiata, in cerca di spiegazioni. Mi

fece segno di entrare. Una volta entrati avevo cominciato a notare

una serie di dettagli, come l'abitacolo separato dai sedili posteriori da

un vetro spesso, l'unico modo per comunicare era un telefono con

risposta automatica, dando possibilità all'autista di rispondere

dedicandosi totalmente alla guida, senza preoccupazioni. Mi

guardava, mentre osservavo quell'elegante signora a quattro ruote. "É

sempre nera... un pò più grande... ma ti porta a destinazione in ogni

caso." "Ah, beh! Non c'è dubbio. Chi non usa una macchina come

questa come taxi?" "È la mia auto personale, un regalo di mio nonno,

per i mie trent'anni..." "Ok! Va bene...", un sospiro, "... non voglio

sapere altro, comunque fai i complimenti al nonno per la scelta."

Scoppiammo in una risata. La città scorreva lungo i finestrini. L'auto

ci portava a Chelsea, in una manciata di minuti eravamo giunti a

destinazione. Una piccola folla di persone, vicino all'ingresso, era

ferma, tutta intenta a parlare. Fortunatamente, nessuno fece caso a

noi né all'automobile, altrimenti l'imbarazzo, mi avrebbe sepolto.

Non è che mi facessero schifo i soldi, ma semplicemente non mi

piaceva ostentarli. In una città come quella, un auto di quel genere

era sprecata. Non potevi correre ed eri sempre con il piede sul freno,

fermo davanti al rosso del semaforo. L'ideale sarebbe stata una

Smart, anonima piccola e agile. Ci venne in contro Stean, il gallerista, salutandoci e presentandoci subito l'artista: un uomo calvo, quasi scavato in volto, sulla quarantina, tutto pieno di sé. La mostra era gremita di persone distinte, in lustro, come se fossero state ad un gala e intenti a commentare ed osservare questa o quell'opera, dalla quale apparivano assolutamente rapiti, però c'era la nota positiva: dopo qualche attimo, ci arrivarono dei calici di Champagne. Guardavamo con interesse le opere in esposizione ed ogni tanto, quando l'opera era veramente fuori dal mondo, i nostri sguardi si incrociavano, facendo scappare qualche sorriso. Buona parte degli invitati nel vedere Tom, si fermavano e non esitavano a chiamarlo per cognome. Non era un contesto realmente formale, alcuni sarebbero potuti essere clienti della banca, ma lì per lì non cercai di dare peso a questa faccenda. Nella mia mente era impressa la notte scorsa, avevo voglia di lui e di averlo ancora. Avrei voluto che si abbandonasse ancora una volta nel nostro piacere. Dalla porta, entrò

in scena uno strano tizio, distinguendosi dagli altri per un groviglio

di baffi, i capelli scompigliati come meglio aveva potuto, camicia

bianca e jeans neri. Era arrivato James, ma immediatamente dietro,

una figura che conoscevo: era Ben, più bella che mai. Indossava una

sorta di camicia o di vestito di seta bianca, rigonfia e leggera

sull'estremità inferiore, come una ventata d'aria fresca. Aveva un

colletto "Pan" a punte arrotondate, che faceva da palco a una lunga

collana inargentata. Che sorpresa! Nel vederci corse presto a

salutare. Il resto della serata lo passammo con loro, fra le risa, e via...

di quando in quando, il mio compagno spariva, per parlare con dei

noti galleristi; ma dopo un paio d'ore la situazione si rese davvero

insostenibile. Una complice occhiata fra me e Ben, ci portò a cena in

un posticino nei pressi dell'esposizione. Si erano fatte le undici di

sera. Era venuta fuori una festa a casa di un tizio che non conoscevo nemmeno, ma gli altri sì. Era stata organizzata alla grande con *dj*,

luci e quant'altro in un magnifico attico. Era affollato di gente,

diffusa da un'ottima musica di sottofondo, e il Don Perignon

scorreva in rivoli di piacere che ci concluse a ballare fin quando i

miei piedi dissero di fermarmi un momento. Era da anni che non mi

scatenavo a quel modo. Eravamo tutti e quattro in quella

spumeggiante baraonda. La migliore amica da un lato, il mio futuro

dall'altro. Nel tornare avvertivamo chiaramente le annate dello

Champagne, una dopo l'altra, nelle nostre teste che sembravano

continuare l'euforia formidabile. Brilli e felici, eravamo in casa. Soli!

Me ne andai di filato in camera e mi rilassai sul letto, disteso e

pacioso; le mie energie, spese così lietamente, cercavano un pizzico

di ristoro. Ad un tratto, qualcosa disturbava quella mia quiete: una

musica proveniva dal salotto, sempre più alta, ma ero troppo stanco

per capire cosa stesse accadendo e facendo spallucce, lasciai perdere;

ma subito dopo, lo vidi presentarsi in camera, ballando con due calici alla mano, me ne porse uno, chiedendomi di non muovermi. Cominciò a danzare davanti a me, di sotto fondo spandevano le note di Amii Stuart con "Knock on wood". Quello che si era presentato come una danza, si stava trasformando in un sensuale spogliarello, nota a nota. Non so dire se fosse la bellezza di un Adone o l'ebbrezza entuasiasta della serata indimenticabile. Decidendo di non pensare affatto, mi abbandonai totalmente a lui che si avvicinava con movenza felina, bloccandomi le mani. La canzone era finita, ma la nostra serata era giusto cominciata.

# Capitolo 6

Quella mattina avevo un appuntamento a Greenwich con Eric, un'antiquario. Grazie alla metro nel giro di un quarto d'ora giunsi sul posto, appena in tempo. Aveva ciò che cercavo: una piccola libreria a due ante e delle stampe. Giorni addietro, eravamo giunti ad un compromesso sul prezzo, tremila sterline sarebbero state un furto. Quella quantità di oggettistica e suppellettili vari non ne valeva più di duemila. Il gestore del negozio era un uomo scorbutico, più tondo che alto. Un semplice saluto, e mi accolse accompagnandomi nel piano inferiore. La libreria era in condizioni perfette, lo stile un'impeccabile anni quaranta in mogano scuro, tipico dell'epoca; l'interno, rivestito da una stoffa color champagne, sembrava immacolato come anche i ripiani in legno. Le stampe erano veramente innumerevoli. Ne scelsi una dozzina, quelle che mi sembravano più accattivanti. Girandomi in torno, fra un tavolo ed una vecchia poltrona, spuntò un bellissimo marmo di un'antica scrivania. Un idea attraversò il mio cervello, fulminandolo. Facendo un taglio a quel piano, avrei avuto l'appoggio per il lavandino. Ero soddisfatto, la sala da bagno era terminata. Avevo trovato tutto ciò che cercavo. Una chiamata ad Elisabeth, e tutto sarebbe stato impacchettato, pronto per essere portato via. La aggiornavo costantemente, tramite mail, sms, e video chiamandola. Sembrava sempre entusiasta, approvando ogni mio singolo accorgimento, le rifiniture la mandavano in visibilio. Era bello lavorare con lei, mi

permetteva di operare e creare in totale quiete. Grazie a delle sue

chiamate, ero riuscito a prendere altri incarichi, due di scarsa

importanza, uno già più impegnativo che mi avrebbe portato a Bath.

Una volta dato l'assegno, gli lascia detto dove, e quando portare il

tutto. Appena uscito, una chiamata cambiò quella mattina. Era mia

zia Carla. "Ciao bambino mio! Come stai? Com'è casetta nuova? Hai

conosciuto qualcuno? Il lavoro come va?" Mi disse con voce

angelica. "Ehy! Tutto bene! Il lavoro procede alla grande! Ehm...

casa è perfetta! Sai che ho ritrovato Ben!?", mormorai. "Davvero?

Quella ragazza è sempre stata fuggente come il vento." "Sì, in effetti,

non hai tutti i torti." Una breve pausa, portò un attimo di silenzio.

"Poi, beh... poi ho... Ho conosciuto Tom." "Cosa? Non mi dire che il

mio ragazzone ha trovato finalmente una persona speciale", disse

esaltata. Per poi proseguire, con un tono quasi preoccupato. "Sono felice per te." "Cos'è che non ti va giù, che io abbia qualcuno? Dai,

non ti ho nemmeno detto com'è. Non puoi essere così prevenuta! Ti

prego! Non mi sarei mai aspettato questa reazione... così... sì, così

bigotta da parte tua. Scusami, ma in fondo, fra i due, tu sei sempre

stata quella con le idee più aperte, perfino avveniristiche, forse."

Scoppiò una forte risata... che mi rallegrò. Sentirla ridere, mi aveva

sempre rassicurato, la sua voce squillante era una medicina che

superava le migliori pillole. "Ma figurati. Cosa dici, testone! Sono

preoccupata per te. Sei a arrivato a trent'anni e tu... tu l'amore non lo

conosci... L'hai sempre evitato e non l'hai mai voluto capire. Non è

fatto di soli abbracci e lenzuola umide. È molto di più. Spero che tu

riesca a lasciarti andare, per una buona volta! Tengo alla tua felicità.

In fondo, l'orgasmo riempie la notte, il sentimento... l'amore è la

vita." Mi imbarazzò, lasciandomi perplesso. "Zietta, mi riempie la

vita... la notte, il giorno... è tutto! È speciale, ho trovato la parte mancate. Non voglio spaventarti, ma sono felice." "Raccontami di lui, voglio sapere tutto. Dove, come, quando!", esclamò esaltata. Cercai di raccontarle tutto, fra i sospiri e le sue interruzioni, ma una volta finito, era felice per me. Del resto, come non avrebbe potuto esserlo? Da quando avevo cinque anni, si prendeva cura di me. I miei genitori avevano messo al mondo due figli, ma avevano preferito farsi una loro vita, sempre in giro, sempre per il mondo. Mia madre, dopo la laurea in scienze politiche, trovò impiego per un'organizzazione internazionale che si impegnava nella costruzione di ospedali e scuole, in Sud America e in Africa centrale. E fu proprio in Africa, dove conobbe mio padre, un fascinoso ragazzo toscano che lavorava da tempo per una società di trasporti. Dopo qualche mese di coppia, mi madre scordò la sua vena da crocerossina, trovando lavoro per l'azienda, dove lavorava il suo grande amore. Il loro lavoro li ha fatti viaggiare molto, a volte verso mete pericolose, altre in paradisi terresti. A noialtri, arrivavano solamente cartoline ed esotici francobolli.

Negli anni gli era capitata più e più volte, la possibilità di fermarsi in un posto, vivendo così, una volta per tutte, una vita tranquilla, normale. Evidentemente, non faceva al caso loro. Sono sempre stati spiriti troppo liberi per fare delle scelte tanto ferme. In tutta la vita, il loro stare insieme, il loro amore, sono sempre venuti prima dei loro figli. In un settembre piovoso, prima che partissero per lo Zimbabwe, lasciarono me e mia sorella dalla zia Carla, con un accordo: lei ci avrebbe accudito, e loro ci avrebbero mantenuto. Crescendo, quei due che tornavano giusto per le feste comandate, riempiendoci di regali, divennero gli zii, e zia Carla mia madre: i ruoli si invertivano. Non ho mai avvertito il rimorso. In tutte le fasi della mia vita c'era sempre stata lei, non loro. I genitori a volte sono quelli che ti crescono, non quelli che ti mettono al mondo. Finito il liceo, cambiarono un mucchio di cose, come il mio trasferimento a Milano per l'università e quello di mia sorella avvenne a Parigi, per frequentare economia; quindi, i miei genitori evitarono di venire anche per le feste. Zia Carla, nonostante fosse rimasta un po' abbandonata, non perse occasione per venirci a trovare: di tanto in tanto lasciava San Gimignano, e se ne veniva qualche settimana da me. Rivederla mi ha sempre colmato di felicità. In fondo, assieme a mia sorella era tutta la famiglia al completo. Non mi era mai pesato il fatto che una zia mi fungesse da madre. Lei è stata perfetta, dolce, premurosa, ferma, ironica, illuminante e soprattutto non ci ha mai trattato come nipoti, per lei siamo dei figli. É sempre stata una donna eccentrica nella mente, così come nella vita. La sua vita è sempre girata intorno alle sue due gallerie d'arte, le ha sempre amate, più di qualsiasi uomo, tanto da non sposarsi mai. Ma il suo vero amore da sempre è la Toscana, a suo dire è la terra dei sogni, la sua terra promessa. Negli anni, le occasioni di trasferirsi in capitali come Boston, Parigi e Berlino non mancarono, al contrario; ma solo l'idea di non vedere il suo giardino, il suo casale e le sue colline, la mutavano in malinconia, al punto da farla sembrare in lutto. Questo suo amore viscerale mi è rimasto oscuro per molti anni, l'avevo sempre considerato un suo limite; ma poi... il mio lavoro, ha cominciato a portarmi fuori casa, sempre più lontano, altrove e in giro per il mondo, facendomi dormire in alberghi per moltissimi giorni. Al mattino il Sole è diverso, così come il grigio dell'inverno. Mi mancavano i cipressi, il casale, e le colline. Il senso di casa che lei e quella terra, erano riuscite a suscitare, nessun posto al mondo me l'aveva mai elargito.

# Capitolo 7

Si era avvicinata l'estate, la città si preparava ad accogliere i

suoi raggi, come un bambino una fetta di torta. Le persone si

svestivano dagli strati invernali, non perché facesse caldo, ma ormai

era arrivato giugno, il che voleva dire estate. Guardare le persone

intorno a me, riusciva a stupirmi sempre più. Il popolo inglese, con

l'estate si illumina, apprezzando ogni singolo sprazzo di luce.

Giugno, voleva dire anche le prime fughe dal centro cittadino, le prime passeggiata sulla costa, e i fine settimana nella campagna

inglese. Avevamo parlato molte volte di passare qualche giorno fuori

dal trambusto; ma il susseguirsi degli eventi, e soprattutto degli

impegni aveva fatto sì che non avvenisse. A metà mese, una sera

come un'altra, lo stavo aspettando a casa. Il rumore delle chiavi e

della serratura che si apriva, mi donavano un immensa gioia. Il

magone di vederlo, così come l'imbarazzo erano svaniti. Era arrivato

il senso del possesso, la fierezza di avere il meglio del meglio al

proprio fianco. La mia vita era felice, come mai prima. Riuscivo ad

avere tutto, senza tralasciare nulla. Un uomo eccezionale, se ne stava

ormai al mio fianco, un amica come Ben , mai dimenticata, ma ora

vicina più che mai, i miei progetti che prendevano vita giorno dopo

giorno, mi davano un senso di tranquillità e di equilibrio mai provato

prima. Tutto ciò veniva di tanto in tanto interrotto dalla mia dolce

metà, che voleva a tutti i costi farmi conoscere la sua famiglia. Da quando lo conoscevo, mi ero preoccupato di conoscere le sue abitudini, i suoi umori , i suoi stati. A tutto ciò che faceva da contorno alla sua vita non avevo dato molto peso, non perché non mi importasse, ma semplicemente era più importante conoscere la sorpresa che sta dentro all'uovo che analizzare l'involucro scintillante che lo ricopre. Ci imbattevamo in discussioni senza senso, dove lui sosteneva che fosse giusto che io li conoscessi, dal canto mio imponevo la mia forte decisione a non farlo. Un motivo preciso non c'era, ma non mi andava di inserire altre persone, presentarmi a casa, sopportare domande sul mio passato, partecipare a cene dove potevo essere visto come uno strano soggetto... da analizzare e conoscere dettagliatamente. Il più volte, mi sentivo colpevole, precisamente quando la sconfitta appariva nei suoi occhi e faceva sentire sconfitto anche me; ma facendogli questo favore, avrei tradito il più importante dei principi della nostra relazione: tutti vicini, ma mai nessuno in mezzo a noi due. Ho sempre creduto che le persone

quando stanno insieme non devono avere, come dire, interferenze

esterne. Non bisogna dare spazio ad estranei che si occupino di

parlare, dire, o fare qualcosa. In fondo già far conciliare due menti è

arduo, perché complicarsi la faccenda? Bisogna tutelare l'integrità,

difendersi e rendersi invulnerabili, in un modo o nell'altro. In

coscienza sapevo bene che questo mio principio del binomio

assoluto, in fondo fosse sbagliato, ma volevo comunque provarci.

Non si trattava di riporre poca fiducia, o considerare troppo fragile

l'altra persona, o non voler sottoporre la coesione e la forza della

coppia con un raffronto. Era diverso, era un tutelare la coppia da

eventuali problemi. Avevo considerato tutti questi aspetti

innumerevoli volte, ma la paura era troppa, lui era troppo Non mi

andava di imbattermi in suoceri e famigliari, ai quali avrei dovuto

spiegazioni sulla nostra vita, su come annullare sé stessi per divenire un tutt'uno con l'altro, non mi sentivo ancora pronto. Un pomeriggio, passeggiando vicino a Tower Bridge, discorrendo di eventuali mete per le vacanze, si voltò e mi disse: "Devo ristrutturare casa e mi chiedevo se...". "Certo che ti aiuterò, non dovresti nemmeno chiedermelo, anche se... penso che in casa tua, ci sia poco da ristrutturare." "Pensi che io ti stia chiedendo questo?" Disse ridendo. "No! No! No! Non hai capito. Voglio che quella diventi la nostra alcova, insomma casa nostra. Sono arcistufo di vivere da te e dormire da me e non vedo maniera migliore di farlo, se non quello di rifare tutto a nostro piacimento. In fondo è come se già vivessimo insieme. Cambierà molto poco, anzi ti dirò... qualcosa cambierà, qualcosa di buono: ogni mattina sarai al mio fianco." "Basta! Basta così! Non aggiungere altro!" Lo abbracciai intensamente e mentre lo baciavo, sussurravo: "Ti amo!" Mi scostò da sé per guardarmi meglio, sorridendo. "Dillo di nuovo, per favore! ", stringendomi, mentre mi sollevava. "Mi farai cadere. Ti amo, amore mio...", dissi a

voce più alta. Mi prese saldo per mano e proseguimmo la nostra

passeggiata, complici finalmente. Quell'intensità, quella

dichiarazione pronunciata a cuore aperto, senza esitazione, portava

quell'affinità di sentimenti a regalarmi un qualcosa di nuovo, la

reciprocità, forse era nato il senso di certezza, quello che consolida il

rapporto, portando quella passione, così ardente, a respirare come se

qualcuno gli avesse detto, ora puoi riposare; ma non voleva dire

rallentare, sarebbe stata un altro tipo di corsa, forse meno veloce, ma

sicuramente più intensa. Nelle mie vene scorreva l'adrenalina, la

gioia, pura felicità e un'immensa voglia di quest'uomo. Ero al settimo

cielo, ma qualcosa in me, non mi faceva godere quel momento con

totale dedizione, come se ci fosse stato un tarlo, un viscido verme.

Per festeggiare quell'unione, ci avrebbe atteso un ristorante della

South Bank, e mentre aspettavamo il principale, propose

liberamente: "Il prossimo fine settimana, andiamo fuori, prendiamo la macchina e andiamo nel Kent, ti prego. Ho bisogno di un pò di campagna." "Certo tesoro, in fondo è da tanto tempo che ne discutiamo. L'abbiamo sempre rimandato. Meritiamo un ventata d'aria fresca. Cosa ne dici?" In fondo andare fuori dall'ambiente urbano ed il trambusto, ci avrebbe consentito di mettere una pausa a tutto, ci avrebbe permesso di goderci il Sole di giugno e di godere la nostra felicità, senza intromissioni di sorta. Durante quella cena la mia testa stava rispondendo al mio lato emotivo che senza pensare, aveva assentito ad una domanda che forse avrebbe meritato un briciolo di saggia esitazione. Questo dissenso intimo, si mostrò con prepotenza durante la cena, nelle mie ripetute assenze di spirito. Si riversavano anche su di lui, con occhiate di preoccupazione. La felicità che aveva caratterizzato quello stupendo pomeriggio, sembrava essere sparita. Verso la conclusione della cena, lo fissai diritto negli occhi e cercai con tutto me stesso di trasmettergli ciò che provavo: "Non voglio tornare indietro. Intendo dire... non cambio idea. Dirti sì oggi, penso sia stata una delle scelte più importanti e meno misurate che io abbia mai preso, ma non ho dubbi." "Se non te la senti, se hai paura, insomma si può restare così, aspettando di essere pronti. Magari la mia richiesta è prematura e da quando sto con te sono così impulsivo da non rendermene conto. La tua reazione, credo che sia normale." "No, tesoro! Sai... sono arrivato a trent'anni senza legarmi con nessuno e alla fine di tutto ciò, dopo tre mesi... abbiamo deciso di andare a vivere insieme. È una scelta fondamentale." "Ah, ora ho capito! Hai paura. Beh, anche io, se è solo per questo." "Non voglio ferirti. In fin dei conti, tre mesi fa mi sono lanciato, chiamandoti per il nostro primo pranzo. Quella volta ero solo... Ora faremo un grande passo, insieme, questa volta ho una sicurezza. Insomma, tu mi terrai per mano. Questo salto lo facciamo insieme. Ma se dovesse andare per il peggio e rovinassimo ogni cosa? Riusciresti a perdonartelo? Io non potrei farlo." "Non temere, non voglio metterti in galera, non sei solo, stiamo insieme. Col trascorrere dei giorni, affronteremo gli avvenimenti che verranno, come ora, insieme. Abbiamo una sicurezza che va oltre al denaro, il possesso, e la paura, quella di stare insieme. Insomma, siamo invincibili", terminò con un suo magnifico sorriso. Mi aveva tranquillizzato. Avevo bisogno di abbracciarlo in quel momento, ma le persone erano troppe, e non avrei voluto condividere, la nostra intensità, davanti a tutte quella gente. Cercai di contenermi il più possibile, prendendogli delicatamente la mano che aveva posato sul tavolo. Aveva capito la mia paura, addirittura meglio di me. Mi aveva rassicurato, non potevo dargli risposta migliore di quella certezza e di quell'affetto sincero. Tornammo a casa. Sarà stato il Borgogna, o il vivere intenso della giornata, ma una volta sul letto,

Orfeo arrivò languido a cullarci, abbracciati.

# Capitolo 8

Quel giorno non mi andava di prendere il taxi. Avevo scelto

di prendere l'autobus, per poter osservare la città più da vicino. Mi

lasciò alla fermata di Liverpool St. alle cinque del pomeriggio,

puntuale. A quell'ora, gli uffici si svuotano, la stazione brulica di

uomini incravattati, nei loro capo-spalla finemente tagliati e cuciti,

ma tutti egualmente di corsa, che si affrettano a ritornare a casa.

Passata la folla, svoltai subito su Bishopsgate St. Avevo deciso di andarlo a recuperare al lavoro. Avevo desiderio di dirgli una cosa su cui avevo riflettuto a lungo, anche se non ne ero del tutto convinto.

Era uno sforzo che avrei potuto affrontare facilmente. Lo stavo aspettando fuori, era una giornata troppo bella per sprecare minuti preziosi, rinchiuso una immensa hall, con dei portieri che ti puntano, imbambolati come il gesso. Puntuale come un cronometro, alle cinque e mezza in punto, si presentò. Lo salutai. Mi guardò e prima che cominciassi a parlare, mi chiese cosa mi fosse accaduto. Risi. "Non riesco a nasconderti niente, vero?" "Faccio del mio meglio per essere in sintonia." "Mi piace come cosa, insomma e un aiuto non indifferente per un genere introverso come me." "*Nah...* No! Non te la cavi così a buon mercato. No! No! Quando vuoi, sai essere un oratore di tutto rispetto, diciamo che ammutolisci quando ciò che devi dire ti pesa." "Va bene! Va bene! Mi arrendo. Ripensavo a una cosa che mi hai chiesto più volte e ti ho sempre negato." "Ah, sì!

Come ieri sera?!" "Una sciocchezza! E poi quello che si è

addormentato ieri, per quel che mi risulta, sei stato tu...", risposi

ridendo, "... dai, seriamente! Quando vuoi, andiamo a conoscere i

tuoi, insomma è una parte della tua vita che mi manca, poi andremo

a vivere insieme. Mi piacerebbe organizzare qualche pranzo, come in

tutte le buone famiglie", finii ridendo. "Ah, bene! Quindi passiamo

da una totale negligenza ad organizzare pranzi domenicali? Non

sentirti obbligato. Lo sai, mi fa piacere, in fondo i miei vivono fuori

città, quindi non sono un problema." "Voglio farlo comunque." "Ci

dovremmo fermare a dormire. Ti avverto prima che quando la

signora Bettery mi vede, non mi molla prima di quarantott'ore." "Ah,

bene! E io che pensavo fosse sufficiente un pranzo." "Non sarà

catastrofico!" Continuammo a passeggiare e capitammo nel quartiere

commerciale che ospita lo storico Old Spitalfield Market, un

grazioso mercato coperto di epoca vittoriana che fu luogo di affari e, anche, di malaffare. Ci fermammo a consumare un caffè, continuando a parlare o meglio a spettegolare sui suoi colleghi, su chi aveva fatto questo o detto quello e si fecero le sette. Ben, ci aspettava per cena intorno alle otto e mezza, quindi ci toccò andare casa dell'amato, a pensarci bene c'ero stato poche volte. Il portiere ci salutò servizievole. Aspettando l'ascensore, guardai l'immensa agave che sorgeva al centro dell'atrio. In fondo, avrebbe dovuto solo farsi la doccia e cambiarsi di vestiario. Non avremmo tardato. Mi guardavo intorno e quell'enorme casa era così silenziosa, le vetrate accese dalle luci dei grattacieli, ti separavano dal caos. Da ristrutturare, anche volendo, non ci sarebbe stato un bel niente. Quell'appartamento era bello così com'era. Se proprio si fosse voluto far qualcosa, lo si poteva dividere in tre parti, dove avrebbero preso posto comodamente tre famiglie. Trecento metri quadri erano eccessivi per due persone. Lo attendevo in salotto, ben diverso da quello di Ben.

Alle pareti, delle tele; una calamitava la mia attenzione in particolar modo. Non poteva essere! Era un Appel, precisamente! Era "Oiseau tete", una grande tela, resa unica e riconoscibile da una grande testa di uccello, creata con pennellate quasi astratte che spaziavano dal bianco al giallo, delineate ancor più dai tratti di nero che sembravano screziare il dipinto con una nota colorata. Una policromia che creava una stesura quasi magmatica. Era così attuale, anche se fu prodotta nel '58! La conoscevo piuttosto bene: l'avevo vista ad un asta da Sotheby ad Amsterdam, anni prima. Mi trovavo con mia zia, là per comperare qualcosa da destinare alla sua galleria; aveva deciso di acquistare un pezzo, ma di costo notevolmente inferiore. Quell'immensa tela costava un occhio della testa, la sua quotazione sul mercato si aggirava attorno ai duecento o trecento mila Euro. Un capriccio od una sontuosa una follia, insomma! Il tasso di cambio con la sterlina avrebbe dato qualche vantaggio, ma era sempre una considerevole cifra. Certo, è che le mie tasche non avrebbero potuto

permetterlo. Mentre meditavo, davanti a quell'esplosione di colori,

senza accorgermene, me lo trovai alle spalle, seduto su una poltrona

che si divertiva a fissarmi. Le mie dita creavano una connessione

indissolubile con la tela, qualcosa di magnetico o alchemico: una

contemplazione. Notavo ogni dettaglio, talmente concentrato da

alienarmi da quello che mi circondava. "Ti piace? La teniamo, se

vuoi; altrimenti, la potrei consegnare ai miei." "Certo che mi piace. È

un pezzo... insomma è stupendo. Avevo comprato una stampa anni

fa, mi aveva colpito ad Amsterdam. Fuori dal comune!" "Be ora ti ho

appena regalato l'originale, sei contento? Sempre senza offendere,

mia zia non lo voleva e... sì, insomma me la rifilato. Sai come le

donne cambiano idea con tale rapidità." "Amore! Ti amo, ma compri

due case con... con... questa cosa appesa. Lo sai?" "Certo che lo so.

Qualcuno avrà pur vinto quell'asta, non ti pare?" "Ah, ah, ah! Non credo! Visto che conviviamo, non serve che me lo regali, lo ammirerò ogni giorno." "È tuo! Fanne quello che vuoi. Andiamo, amore! È tardissimo." Lo guardavo con aria investigativa, cominciava a spaventarmi. L'automobile sportiva, una dimora e infine questa tela, capace di attanagliare qualsiasi appassionato. C'era qualcosa che non tornava. "Bene! Anche zia ha ottimi gusti, vedo. Senti non è che non mi fidi di te o cosa, ma... insomma il tuo tenore di vita, mi spaventa. Sono felice che tu abbia tutte queste possibilità. Ti dispiace se le chiamo così? Ma... ma dimmi la verità! Le sere che dici di passare in ufficio e poi ad ogni domanda tiri in ballo un parente per giustificarti?" "Ah, ah! No dire stupidità. Ovviamente non è nulla di tutto ciò che pensi. Un giorno capirai, ma adesso corro a vestirmi." "Ma... non mi hai detto cosa devo capire." "È tardiiii! Sarà meglio vestirmi di corsa. Ben, ci aspetta." Sprofondai sulla poltrona, intanto lui era sparito dentro la sua immensa cabina-armadio, a scegliere chissà quale vestito per la serata. Tutto ciò mi stupiva, mi terrorizzava, letteralmente. Sarebbe stato meglio per me, non aggiungere altre domande. Lo sentivo in bagno conversare al telefono, ma senza nemmeno avere il tempo di capire cosa stesse dicendo, arrivò. "Arriveremo prima usando la mia macchina." Aveva chiamato l'autista, e gli aveva chiesto di farsi trovare pronto sotto casa. "Come preferisci!" borbottai, e ci affrettammo a prendere l'ascensore. L'autista, solerte, si fermò davanti al portone, pigiai il pulsante del citofono... nessuna risposta! Provai una seconda e una terza volta, ma non c'era niente da fare. Era veramente insolito, altre volte ci aveva bacchettato per un manciata di minuti in ritardo. Non era comportamento da lei tirare un bidone. Insospettito, brancai il telefono, c'era un suo messaggio: "Facciamo intorno alle nove, devo andare a raccogliere ancora delle cose." Era bizzarro, ma rileggendolo pensai che magari avesse avuto dei problemi al lavoro.

Sarebbe stato meglio rimandare tutto a un'altra sera. Non avrei

voluto recarle fastidio, dopo una giornata così pesante. La chiamai,

ma non rispose; una seconda volta, ma non accadde nulla. La mia

controparte mi guardò negli occhi: "Che si fa? La si aspetta qui o

facciamo due passi, giusto una sgambata?" "Passeggiata!" Andammo

nei dintorni. Talvolta, qualche particolare catturava la mia

attenzione. Le luci formavano scacchiere irregolari, sulle facciate dei

palazzi. Saltuariamente, si vedevano persone intente a cucinare,

parlare o fumare. Mi metteva agitazione quell'attesa. Mi sentivo

come un padre in attesa della figlia quattordicenne, a casa, di notte,

guardingo. Poi, pensai che non era il caso di sentirmi a quella

maniera. Mi stavo facendo delle futili paranoie. Erano le dieci e il

telefono di Ben era disconnesso. La torma dei pensieri era tornata. Si

trattava pur sempre di una ragazza sola in una metropoli, le sarebbe

potuto accadere di tutto. Avevo deciso di chiamare il suo strambo

James. Non che mi andasse proprio a genio il personaggio, tutte le volte che lo incontravamo per godere di una serata, se ne stava in disparte. Ci lasciava ai nostri discorsi e la sua presenza si manifestava raramente in frasi senza senso, decisamente fuori luogo. Chiamarlo, sarebbe stato un modo per sapere di lei e tanto mi bastava. Mi rispose immediatamente, la sua voce era fredda, quasi scioccata. Non riuscivo a capire molto e dovetti chiedere ripetutamente se riusciva a sentirmi; ma niente, era ubriaco dar far schifo, ma mi urlò che lei era con lui. Nel sentirlo dire quella frase, mi era salito un forte sentimento di rabbia. Non collegavo il messaggio, il silenzio, la sua presenza in casa di quello svitato. Avrei capito, se all'ultimo Ben avesse cambiato i piani. In fondo poteva capitare. Non si trattava di un ricevimento regale, ma una cena amichevole. Quel pazzo, abitava in un posto allucinante, piena periferia. Non voglio fare il borghese, sbottando "...che schifo"; ma da quelle parti è veramente pericoloso vivere, è più facile vedere un quindicenne con una pistola piuttosto che vederlo tornare da scuola. Relazionai questo pensiero a noi che eravamo seduti in quell'auto, così costosa, non volevo pensare come le nonne, ma mi stavo preoccupando seriamente. Finalmente arrivammo! Abitava in un duplex disastrato, il vialetto di ingresso era sommerso di pattume, qualcosa di fetido a vedersi e al piano di sopra, c'erano due vetri infranti, sostituiti con della plastica. Per un attimo, raggelai. Dove ero finito?! Ci aprì la porta in calzoni slacciati, e a petto nudo. L'interno era peggiore della presentazione dell'esterno ed entrammo. Mi sentivo in colpa per Tom. Dove l'avevo portato? Abituato com'era, magari avrebbe potuto sentirsi in disagio. Con voce stordita, il padrone di casa ci salutò e chiese se volevamo accomodarci, ma rifiutammo l'offerta. Il mio sguardo analizzo tutto il salotto, frugando ogni dove, finché non si soffermò sul sofà. Ben era sdraiata là sopra, più nuda che vestita. Mi salutò con la mano, sorridendomi, come se nulla fosse. Di tutto quel quadretto orripilante, la cosa che mi lasciò più perplesso, fu la cocaina sul tavolino da tè. Ero scioccato. Era troppo. Non mi dava fastidio che lei fosse accovacciata su quel divano o fosse proprio lì, in quella che aveva tutte le sembianze di una galleria degli orrori, ma mi uccideva il fatto che mi aveva mentito. Preferiva quella "merda" alla nostra amicizia. Ero furibondo. Vedere l'amica di una vita, una persona che a volte avevo considerato che mia sorella, ridotta a quella maniera! Come una barbona su un lurido divano, strafatta e ubriaca! Volevo salutare e andarmene, non mi andava più di restare. Non era moralismo, o cos'altro, le avrei perdonato tutto, ma non quello. Tom, aveva capito in un nano secondo le mie intenzioni; ma mi fermò, afferrandomi il braccio, un pò per frenarmi, e un pò per rassicurarmi. Mi rivolsi a James, anche se i miei occhi era fissi su di lei: "Avevamo una cena, ma a quanto pare la tua compagnia la stimola di più." "Beh, ognuno

sceglie cosa fare del suo tempo amico, forse la vostra vita soporifera

l'aveva un po' annoiata, chissà!" "Tu la tratti come una principessa,

vedo!" "Beh, aveva voglia di stare un pò sù sta sera, aveva avuto una

giornata storta... e poi non ti riguarda cosa faccio con lei." "A beh,

allora... da buon cavaliere, le hai offerto il meglio della tua cantina,

vedo. Come l'hai rilassata, riempiendola di schifezze. Vedo!"

Fissando le bottiglie di whisky sul tavolino, il suo sguardo si

incattivì, forse il mix droga e alcool era al suo apice, non lo so, e

cominciò a urlare: "Tu chi cazzo ti credi di essere, eh? Non sei

nient'altro, un lurido frocio, con quel coglione al tuo fianco!" Ogni

singola parola, ogni respiro che quel corpo produsse davanti a me,

urtò in maniera esponenziale il mio sistema nervoso e avevo perso la

calma. Era tutto un *no sense*: vai a cercare una tua amica e te la

ritrovi strafatta, sul divano di un lurido bastardo. Incredibile!

Comunque, cercavo di tenermi calmo, alla fine continuare su quei toni, non avrebbe portato niente, se non a delle scocciature. Non mi andava di aggravare una situazione già al limite. Risposi con voce calma e tranquilla: "Pensavo di essere... un suo amico, ma a quanto pare non la conoscevo nemmeno." Nel frattempo Ben, si era ricomposta sul cuscino e si accostò a James che sbottò: "Pensi male, coglione! Vedi di uscire da casa mia. Noi, della nostra vita, facciamo quello che ci pare e quello che fa lei, non sono cazzi tuoi." Un gancio destro, mi mi sbatté dritto in faccia, facendomi battere sullo spigolo del porta, quel tanto che bastava, per aprirmi un taglio sulla guancia. Senza nemmeno accorgermene dalla mano di Tom, volarono due pugni che zittirono James. Ben, si avvicinò allo strambo. Era stato steso, a terra e senza nemmeno rivolgerci lo sguardo. In quegli istanti, cercai di osservarla più che potevo, ma la persona che avevo di fronte in quel momento, appariva totalmente cambiata, diversa da quella che era stata per anni una cara amica. Aveva ancora della

cocaina a impolverarle il naso, i capelli tutti arruffati. Vederla così

mi uccideva. Si girò di scatto, ridendo: "Scusalo! È un pò fuori sta

sera. Per la cena si potrà sistemare più avanti." "Io, con te ho

chiuso", le urlai. Tom mi prese per il braccio, trascinandomi via. In

quel preciso momento, due grosse lacrime solcavano le mie guance,

facendo bruciare ancor di più il taglio che mi ero procurato sul volto.

Tornammo a casa sua. Mi fece accomodare su una poltrona, in

bagno; dove mi lavò il volto e me lo disinfettò. Prese del ghiaccio,

premendolo dove avevo ricevuto il pugno. Lo osservavo in faccia, e

ogni istante che passava, mi accorgevo di essere veramente

fortunato, avevo una persona incredibile accanto. Per tutto il tempo

di quella visita, si era creata un matassa nel mio stomaco che lacrime

stavano sciogliendo. Mi abbracciò, rassicurandomi. Ero pieno di

rabbia, non sopportavo i flash che continuavano a sfrecciare nella mia testa. Una parte di me era impaurita, temeva di perderla per

sempre. L'altra, invece era troppo ferita per giustificarla e

comprenderla. Quella sera ero troppo deluso per dimenticare. Il

perdono mi abbandonò, forse col tempo sarebbe tornato, forse l'avrei

scusata di tutto; ma di sicuro non quella sera. Aprì i suoi occhi,

davanti ai miei, quelli che mi trovavo innanzi erano pieni di

preoccupazioni, mi dispiaceva troppo, per tutto, per averlo messo in

una situazione così squallida, per il rischio corso. Mi abbracciò

mentre gli chiedevo scusa, ma i suoi baci mi misero in silenzio; mi

trasferì in camera, dove fui io a buttarmi sul suo enorme letto, sapeva

di lui, come un aroma, come una spezia dello Old Spitalfield Market

che aleggia nell'atmosfera cittadina.

# Capitolo 9

Eravamo in macchina, il finestrino che divideva la cabina era stato abbassato. Sembrava una macchina quasi normale, non sembrava esserci nulla interposto fra il conducente e gli eventuali passeggeri. Erano trascorse più di tre settimane da quella notte da incubo. La notte in cui avevo chiuso con Ben, il mio cuore si era rattrappito, come una solida pietra e impossibile a smuoversi. Non giustificavo i suoi vizi, ma cercavo solamente... di dare una spiegazione che in effetti non c'era. Ero giunto a una conclusione.

Ognuno di noi fa le proprie scelte ed è giusto subirne lo scotto, nel

bene e nel male. Il mio lui, riteneva che, a volte, si potevano avere

degli sbandamenti, sta a noi avere la forza di perdonare. Non ero

persuaso di questa sua tesi, anzi non la riuscivo a tollerare. Non

riuscivo a relazionare quella sua morale, con l'accaduto. Insomma, il

problema di fondo non era la mia reazione bigotta, ma che quelle

schifezze si stavano, anzi avevano, portato via una delle persone più

speciali che conoscevo. Era mattina, avevamo da poco lasciato la

city alle spalle. Il panorama cambiava, pian piano che ci si

allontanava dal centro urbano. I palazzi sparivano nella lontananza,

lasciando spazio a case sempre più isolate, arrivando a non avere

niente da ambo i lati, se non la campagna inglese, coi suoi colori,

luccicanti al Sole. Man mano che ci avvicinavamo a destinazione, il

mio sguardo scattava fotografie dei paesaggi che ci circondavano.

Campi di fiori color di zafferano, si alternavano a dolci e verdi pendii collinari; e di rado, si intravedevano cavalli e cottage. Il mio bello era lì che guidava al mio fianco. Il Sole ci baciava sulla fronte.

Dopo tanti rimandi, finalmente eravamo fuori da tutto: i circoli ristretti, i cerimonie di apertura, amicizie e torbide vicissitudini. Eravamo da soli, né cantieri né banche potevano intromettersi.

Avevamo scelto il Kent, una regione di giardini rigogliosi, parchi ed antiche dimore. Avevamo deciso di andare a Canterbury. Da lì, ci saremmo spostati per vedere le zone limitrofe. Mi ero incaricato di prenotare una graziosa pensione, evitando così che lui si mettesse ad affittare qualcosa che fosse fuori luogo, per esempio una sistemazione faraonica e fin troppo costoso. Era bello starsene in macchina, era la prima volta che lo vedevo alla guida. Mi piaceva!

Parlammo delle attrattive locali, di cosa si sarebbe potuto visitare, ma la guida di cui ero al seguito stilò una lista lunghissima.

Decidemmo di chiuderla, e successivamente di aprirla a caso. La sortita che sarebbe uscita da quelle fitte pagine di appunti, sarebbe stata la nostra meta. Saltò fuori un'antica dimora: Penshurst Place, magnifica residenza medievale; appartene ad Enrico VIII, donata ad un importante famiglia nel corso della storia; puramente in stile Tudor circondata da quarantotto acri di parchi e floridi giardini. Voltandomi, gli riferii la meta che il caso, aveva sorteggiato per noi. Cominciò a guardarmi stranito, mi disse che non gli piaceva e che poi un suo cliente, c'era stato di recente, ed era ridotta veramente ad un catafascio in stato di abbandono. La sua voce sembrava tesa, un leggero rossore pervase il volto. Sarebbe stato meglio decidere qualcos'altro: il castello di Hever , un romantico castello, dimora d'infanzia di Anna Bolena. Si voltò di scatto: "Questa è perfetta, sì, sì! Va benissimo!" "L'hai già visitata?" "No, ma ne hanno parlato tanto bene; poi sicuramente meglio dell'altra, no? È allo sfascio."

"Ah, beh! Se lo dici tu!" Arrivammo nella cittadina per l'ora di pranzo. Non fu difficile trovare la nostra pensione, poco lontano dal centro. Offriva uno scorcio di tradizione , i proprietari erano marito e moglie che elargivano un assaggio di "Old England" ai loro clienti. Parcheggiammo proprio di fronte alla porta, i passanti incuriositi dall'auto, ogni tanto buttavano l'occhio, rimpicciolendomi a dismisura. "Prossima volta, prendiamo il treno però!" "Va bene....", replicò ridendo. Il proprietario era un factotum, gestiva, accoglieva i clienti, cucinava; insomma, l'albergo era lui. Ci accolse con estrema cortesia, lasciandoci in attesa nella reception. Disse che sarebbe tornato subito. Si ripresentò colla moglie. Che sorpresa, guardava Tom! Non riuscivo a decifrare questi loro comportamenti, insomma bellissimo, ma così era un eccesso. Cominciavo a essere infastidito da questi comportamenti. Tom si voltò verso di me, chiedendomi di passargli la carta d'identità, e di andare in macchina a prendergli la borsa. Lo guardai con disappunto, quasi selvaggio. Solitamente era così servizievole da essere melenso. E di tutto punto, ora mi ordinava di andare a prendere la sua borsa in macchina. Guardai per cinque minuti la chiave, per capire quale diavolo di pulsante fosse quello che apriva il cofano. Presi diligentemente le borse e tornai all'ingresso. La coppia gli stava stringendo la mano, e farfugliava qualcosa; ma quando mi videro entrare, si distaccarono, dandoci le indicazioni sulla nostra camera. Avevo prenotato un semplicissima matrimoniale, senza troppe pretese. Volevo una sistemazione normale, priva di troppi fronzoli. Bob, così si chiamava il proprietario, arrivò subito a togliermi le borse dalle mani e facendo strada, ci condusse in camera. Avevo prenotato una semplicissima matrimoniale. Non era quella che avevamo davanti gli occhi. Mi voltai verso Bob per delle informazioni, mi disse, quasi balbettando che la matrimoniale prenotata, aveva il bagno fuori servizio, pertanto ci aveva assegnato l'unica camera disponibile: una specie di suite che occupava l'ultimo piano. Un immenso camino era l'indiscusso protagonista, un letto in legno bianco era posto di fronte. Fra il camino e il letto, si collocavano due poltrone in stile Luigi XIV, ricoperte da un tessuto a righe bianche e blu. Era veramente scenica. L'incertezza iniziale era alle spalle, pensavo a quanto eravamo stati fortunati. Lasciando tutto così, senza nemmeno sfilarci le giacche, ci perdemmo in lungo bacio. Una volta staccati, andammo a farci un giro per il centro, e a pranzare. Passeggiammo fino a tarda sera. Fino a quando arrivò una burrasca d'acqua, che fece perdere il ricordo di quell'inizio d'estate. Tutto nel giro di un ora si fece gelido e umido, tanto da farci ritirare in albergo. Ormai la serata era saltata. Una tempesta si stava abbattendo su Canterbury. Entrando in camera, trovammo degli asciugamani sul letto e il caminetto accesso. Non mi era mai capitato, di ricevere, così tante attenzioni in una pensione. Lo pensai come un atto di gentilezza e lasciai correre. Nel bagno, ci

aspettava una vasca colma di acqua calma, posta a centro stanza.

Una vasca di un tempo svanito e di quelle che a sorreggerla, ci sono i

piedini sui bordi. Mentre ci abbandonavamo all'acqua, ritrovavamo

noi stessi, dopo una giornata così umida. Ci coccolavamo, giocando

con la schiuma. Restammo ad accarezzarci, fin quando le dita come

una cartina di tornasole, ci avvisarono che ormai era passato troppo

tempo. Ci stavamo asciugando, quando ad un tratto sentimmo

bussare alla porta, la proprietaria si era presentata con un carrello,

con sopra la cena. Le dissi che non avevamo ordinato nulla, e

insistevo perché convito che quasi sicuramente si era trattato di un

errore. Ma nessun errore, anzi se qualcosa non ci fosse piaciuto

bastava dirlo e ci avrebbe cucinato qualcos'altro immediatamente.

Congedandola, mi ricordava la favola di "Hansel e Gretel". In tutto

ciò bisogna capire chi recitava la parte della strega. Ma questo mio riflettere, venne interrotto dalle sue parole: "Hai visto quanto siamo ospitali, noi inglesi!" "Posso notare che siete accoglienti, ma... c'è qualcosa di strano, non capisco! Nel portale c'era scritto chiaramente che la cena la servono su prenotazione e non figurava alcun servizio in camera, cioè è inesistente." "Può darsi che ci abbiano visti zuppi di pioggia, e si prendano cura di noi." "Sì, come no! Mi piaceva di più quella storiella sull'ospitalità *british*." Spostammo le due poltrone e ci accomodammo vicino al focolare, allestendo il tappeto, come se fosse stata una tovaglia, pronta per cenare. Lo ascoltavo con interesse, accarezzandogli braccia, collo ed il volto. Ci addormentammo, anzi io mi addormentai. Quando il sonno lo andò a colpire, si alzo per prendere due cuscini ed una coperta, per poi tornarsene a sonnecchiare delicatamente al mio fianco, senza svegliarmi. La mattina seguente eravamo già in piedi alle le otto. La pioggia della sera precedente, aveva lasciato il paesaggio ad un sabato raggiante. Andammo a fare colazione al caffè che era nei pressi: una colazione all'inglese, s'intende con pancetta, caffè americano e tutto il resto. Stavamo cercando la strada più breve per arrivare al castello di Hever, sul telefono; ma restava a più di due ore di guida, guardandolo gli dissi che forse sarebbe stato meglio cambiare destinazione. Fu inflessibile! Disse un "no", secco come ghiaccio, aggiungendo che potevamo andarci con calma, fermandoci di tanto in tanto a scattare qualche foto o visitare qualche paesino pittoresco. Senza ribattere, cercai di acconsentire. Non mi capacitavo di tanto entusiasmo, ma se fosse andato bene a lui, sarebbe stato perfetto per me. A metà del tragitto, una chiamata scosse la mia mattinata. Sua madre! Era la prima volta che lo sentivo al telefono con un suo famigliare. Non so dire come né perché, ma mi faceva effetto. Voleva sapere cosa facesse e dov'era, solite chiamate di controllo, routine materna. Gli disse dove si dov'era, che si trovava con me. Una mia occhiata arrivo quasi a fulminarlo, ma lui rispose

con un sorriso, divertendosi. Dall'altra parte del telefono la voce

cominciò a salire, ma non era abbastanza alta per capire cosa stesse

dicendo. Tom interruppe bruscamente la chiamata, dicendo un "no",

chiaro e tondo, come quello rifilato a me qualche ora precedente.

Continuò a guidare, senza spiegazioni. Dopo aver macinato qualche

chilometro, accosto l'auto e spense il motore. Afferrò la reflex e mi

propose: "Andiamo?" Era pronto a fotografare le meraviglie di cui

eravamo circondati. Ci perdemmo scatto dopo scatto, riuscì

addirittura a trovare un rudere, appartenente ad un'antica chiesa,

iniziata, ma mai finita. Seduti, ci gustavamo il silenzio e la quiete, la

natura ci stava dando il meglio di sé. Era incredibile! Il bel Sole era

offuscato dalla coltre di nubi, ma le tinte erano sature e piene e non

persero in nulla il loro vigore. Le gocce cadute la notte scorsa non si

erano ancora asciugate, tutto era rimasto imperlato dall'umidità, e in quella immobilità apparente, risaltavano i particolari: il grigio della

roccia, si ergeva dal verde suadentemente, senza rubare la scena; i

fiori brillavano. Nell'arco di tre chilometri, non avremmo più trovato

nessuno, solo qualche boschetto, delle colline, in lontananza un

recinto con dei cavalli. Dopo questa pausa, risalimmo in auto,

dirigendoci verso la nostra direzione, la nostra pausa da fotografi ci

aveva portato via la mattina, facendoci arrivare nel primo

pomeriggio. Fortunatamente non era così pieno, come avevamo

pensato durate il viaggio: poche famiglie, qualche studente che dal

giardino schizzava su un foglio la facciata. Dopo aver pagato

l'ingresso, iniziò la visita. Il palazzo si mostrava magnifico in ogni

aspetto, persino l'immensa tela rappresentante una delle famiglie che

abitarono nel corso dei secoli nella dimora; ma quella in particolare

rappresentava una bellissima coppia di giovani sposi. Lui sul trono e

lei in piedi, giusto dietro al compagno, delicatamente posava la sua mano sulla spalla. Due sguardi magnetici, caratterizzavano quell'immagine. Mi ero perso nell'osservare tutto ciò: il colletto di lei; la mano di lui, immortalata a prendere quella della sua compagna; l'anello con lo stemma famiglia, posto su un tavolino, vicino a cuscinetto, con sopra due fedi nuziali. In tutto questo, Tom si era dileguato. Lo ritrovai qualche sala dopo, mentre parlava divertito, con quella che si presentava essere una sua amica. Cercai di rimanermene in disparte, onde evitare di interromperli, ma mi vennero in contro e lui, tutto fiero, mi presentò. Era Bree, una delle sue compagne universitarie; aveva trovato lavoro oltre oceano, come dirigente di settore di una multinazionale; era tornata per qualche settimana in Europa, per rivedere i suoi genitori. Trovata Bree, i nostri programmi per la cena romantica saltarono inesorabilmente, mangiammo insieme in un posto non molto distante dal castello. Gli argomenti della cena erano le loro avventure dei tempi ad Oxford.

Lei non riusciva a trattenersi di fronte a me, ricordando a Tom di

questo o quel tizio; ma una cosa mi colpì più di ogni altra,

suscitandomi un forte sentimento di gelosia: i due, al liceo erano stati

in coppia per diversi anni e sembravano complici come allora. Lui si

lasciava modellare dalle sue parole, senza badare a me. Di tanto in

tanto sorridevo, cercando di non interromperli. Infatti, discorsi come

quelli ne aveva sentiti per ore, fra me e Ben. Ma io lei, a differenza

loro non eravamo mai stati amanti. Bree era la classica ragazza

proveniente da una famiglia borghese, alla quale la vita non aveva

negato nulla; ma non mi convinceva, c'era qualcosa di brutto, quasi

diabolico in lei. Qualcosa mi faceva innervosire, quella sua aria

saccente, mi mandava in bestia. Tutto però era ben confezionato dai

sorrisi, trucco adeguato e modi cortesi. Durante la cena avevo

cercato di capire, se quella sensazione nasceva da un'incontenibile

gelosia o se si fosse trattato di qualcos'altro. Non trovando un'altra motivazione, arrivai a convincermi di essere in errore, lasciando

perdere tutto. Ormai, erano le undici, era tardi, avremmo dovuto

affrontare un lungo ritorno, un ritorno quasi privo di parole; le

uniche, furono una domanda e una risposta, riguardante Bree. Per il

resto del viaggio, riguardai le foto scattate la mattina. Il suo volto,

così seducente, immortalato in quello schermo, faceva passare

rapidamente ogni assurdo pensiero che la mente suggerisse. Il giorno

seguente ci svegliammo tardi. In fondo, per il ritorno a casa

dovevamo solo preparare le borse e sederci in macchina. Eravamo

stati bene. Cercava di smorzare quella specie di tensione parlando

della visita al palazzo, di un negozio di vinili a Canterbury che ci

aveva colpito, prima che l'acquazzone arrivasse. E infine parlammo

di lei, di com'era finita in America, della loro relazione di amicizia,

come da amanti fossero finiti ad essere amici. Tom, si era

innamorato di un suo compagno di canottaggio, ma all'epoca doveva ancora capire chi fosse e cosa volesse veramente dalla vita. Lei, dal canto suo, aveva capito la cosa prima di lui e diresse il rapporto in maniera eccezionale. Non si arrabbiò, anzi diventò l'amica perfetta e i due si legarono più che mai, anche se si erano fatti una promessa, da come avevo capito la sera prima che se un giorno, non fossero stati contenti delle proprie vite future, si sarebbero sposati. Mentre mi raccontava le loro vicende, quel pensiero mi volò alla testa. Avevo una tremenda paura che se lo portasse via, anche se sapevo per certo che mi amava e che le possibilità che questo accadesse erano ridicole. Alcune brutte esperienze, mi hanno insegnato che quando il passato torna, chiede sempre qualcosa in cambio della sua presenza.

# Capitolo 10

L'appartamento aveva preso forma. La grossa parte del lavoro era già stata svolta. I pavimenti erano posati, le pareti erano tinte, tutto sembrava procedere per il meglio. Fra una settimana, finalmente sarebbero dovuti arrivare i mobili; ma sfortunatamente non fu così. Mi era capitato di litigare un'enormità di volte con l'impiegato del mobilificio. Una volta mancava un pezzo, la volta successiva avevano le attrezzature fuori uso e ogni volta qualcosa era andato storto; finché un giorno, incontrai il proprietario che conoscevo di vista, fra l'altro, e con la scusa di salutarlo, chiesi il motivo di tutto quel ritardo. Cadendo dalle nuvole, dichiarò di esserne all'oscuro e che non sapeva dell'esistenza del mio ordine. In quel preciso istante, un fulmine sembrò colpirmi. Avevo ordinato una grande cucina, il tavolo del salotto e altri componenti. Si trattava di un ordine oneroso. E fra le altre cose, avevo già versato l'anticipo. Per consegnarmi quella merce, gli sarebbero serviti non meno di tre mesi; ma come se non bastasse la ciliegina sulla torta, scoprii che a luglio avrebbero chiuso alcune settimane. La consegna sarebbe partita non prima di agosto. Nei giorni successivi, cercai di indagare sul perché il tutto non fosse partito, controllai le e-mail centinaia di volte, tutto era stato spedito, l'indirizzo era invariabilmente corretto. Controllai le ricevute dei vari bonifici, ma tutto era in ordine. Tuttavia ricordai di un particolare: quando avevo consegnato il tutto all'impiegato addetto, di lì a poco sarebbe andato in pausa pranzo, ma nonostante ciò, mi aveva rassicurato che avrebbe passato tutto ai colleghi al suo rientro. Sfortunatamente, la mia cartella fu abbandonata sul tavolino del bar. Avevo programmato tutto con una ferrea tabella di marcia, ma ormai, non potevo più farne affidamento. Appena consolidata la notizia, il mondo sembrava essermi franato addosso. Cercai di rimanere concentrato e sereno, senza lasciarmi assalire da una crisi di nervi. Chiamai subito Elisabeth, per aggiornarla sugli spiacevoli sviluppi. Naturalmente non ne fu molto contenta, ma comunque comprese la situazione. Mi posticipò la consegna al 15 novembre, data entro la quale, sarebbe tornata. Aveva espressamente sottolineato, che non sarebbe mai andata a dormire in un albergo. Il che significava trovare una soluzione rapidamente. Credo che nel giro di cinque minuti, la parola scusa mi fosse salita sulla punta della lingua, sì e no un centinaio di volte. D'altronde erano i rischi del mestiere: il progetto dipendeva da me, ma la sua riuscita, era appesa all'affidabilità dei collaboratori, una disgrazia! Non ero abituato a fallire, avevo sempre consegnato tutto in tempo, se non in anticipo; risultato dovuto ad una maniacale organizzazione, che mi sfiniva. Entrai nell'appartamento, tutto sembrava a posto, passai in rassegna stanza per stanza controllando prese, tinteggiature ed eventuali graffi sul pavimento, ma fortunatamente era impeccabile. Mi voltai verso il terrazzo, sull'ampio spazio era appena stato posato il teak. Aveva assunto un aspetto totalmente diverso. Le vetrate scorrevoli, odoravano ancora di nuovo, il legno aveva emanava il profumo di falegnameria. Accarezzai il telaio, sentivo la sua porosità, le sue venature passarono lentamente sotto le mie dita. Il mio lavoro, mi portava ad amare gli elementi, la loro semplicità, la struttura, persino i loro difetti unici. Immaginare qualcosa, disegnarla e poi, magicamente, la perseveranza dell'uomo la crea. Questa era stata la mia motivazione a scegliere quel mestiere, quello stile di

vita. Creare case, crearle per gli altri! Far sentire degli sconosciuti a

casa, creare ricordi dove ancora non ce ne sono. Capire le persone, le

loro esigenze, le loro bizzarrie, dava un soddisfazione impagabile.

D'altra parte, avere una casa da carta patinata è il sogno della gente,

tutti hanno sognato la casa con la piscina almeno una volta; ma cosa

accade quando chi ci vive è infelice? La casa può essere la più bella

al mondo, ma non ti protegge realmente e tanto meno ti aiuta ad

allontanare la solitudine. Il dolore non fa distinzioni sociali, colpisce

tutti egualmente. Di persone felici, soddisfatte ed equilibrate ne

avevo trovate ben poche, la maggior parte erano persone che non si

occupavano di essere o valere, ma si preoccupavano di esporre; di

esporre loro stessi, in una sedia, in un vaso o peggio ancora in un

comò. La mia mente ha sempre creato un muro di vetro fra la mia

persona, e quelle che avevo davanti. Loro erano il mio lavoro, ma non avrebbero dovuto intaccarmi in nessun modo. All'inizio era stato tutto eccitante, dalla prima colata di cemento fino all'ultimo quadro appeso. Adesso era diventato tutto banale. La creatività aveva lasciato spazio alla metodicità. I clienti arrivano e commissionavano case come quel tizio, o quell'altro; ma la crisi, d'altronde batte l'etica e per chiudere i conti a fine mese si prende quello che ci viene. Fortunatamente, Elisabeth era diversa, piena di vita e personalità, odiava la banalità. Per questo era stato fatto uno studio meticoloso di una ragion nuova, non copiando. In altre parole, era una donna alla quale i soldi avevano cambiato solo i conti in banca, non la sua persona. L'ammiravo! Ero felice di lavorare per lei. Era una ventata d'aria nuova, ad abbattere quella monotonia che si era consolidata negli anni a Milano. Misi la mano nell'asola, la porta scorreva lentamente. Andai fuori a controllare la posa. Il panorama che si poteva ammirare era indimenticabile. Si ammiravano i grattacieli della city, ma la sua confusione era distantissima. Ora, capivo la mia

cliente e il suo spassionato sentimento di possesso. Mi dispiaceva

deluderla, ma ormai l'ordine era slittato, quell'impiegato avrebbe

potuto mettermi in un gran guaio, ma fortunatamente tutto si era

risolto. Il tempo e la pazienza avrebbero ripagato il suo errore. Ormai

avevo le mani legate. Le porcellane, i tappeti e tutto quello che

faceva da contorno era arrivato, ma inscatolato e chiuso in una

stanza. Mi guardai intorno e decisi di occuparmi del terrazzo.

Almeno quello sarebbe stato finito, l'avrei spuntato dalla scaletta.

Avevo pensato a tanto verde, ma doveva arredare il contorno e non

essere al centro, non mi andava di creare un serra a cielo aperto.

Avevo disegnato delle sedute in muratura, ricoperte da un rasante a

base di sabbia. C'erano anche delle aiuole nello stesso stile, di

diverse altezze. Cosi da non avere vasi in giro da spostare o che

avrebbero rischiato di far inciampare qualcuno. Al centro ci sarebbe stato un'ampio tavolo metallico, recuperato da un villa, in pessime condizioni, ma ora sarebbe tornato ai suoi antichi fasti. Certe lanterne e alcune sdraio avrebbe dato unità al tutto. Però, volevo dare un tocco speciale, anni prima avevo visto dei tavolini bassi , delle torce e dei cuscini, che lì avrebbero trovato magnificamente posto. Mi venne alla mente un negozio a Marrakech che avrebbe potuto rifornirmi a dei prezzi stracciati. Sarebbe stata anche un'ottima occasione per tornarci e soprattutto sarebbe stato un ottimo regalo di compleanno per lui. Tom, adorava quella città e considerato che non avevamo ancora scelto dove trascorrere le vacanze, mi fiondai a prenotare due biglietti aerei e una casa-vacanza, odiavo gli alberghi. Ormai era luglio, il sei agosto sarebbe arrivato fra poche settimane, i suoi trentun'anni erano ormai alle porte. Tutto era idilliaco tra noi, quando eravamo soli, però. Bree si era insinuata nella nostra vita come un serpente. Tutti i nostri spazi erano rovinati dalla sua presenza. Avevo fatto il possibile per capirla, per farmela piacere, ma era più forte di me. Non riuscivo proprio a sopportarla. Il colpo di grazia mi fu dato a una cena, quando nell'ennesima serata dove lei prendeva le redini e decideva per noi, esordii così: "Ho una grande notizia per voi ragazzi, la società ha accettato il mio trasferimento a Londra. Torno a casa!" Naturalmente, lui ne era felice, mentre a me crollava il mondo addosso. Avevo cercato più volte di affrontare il discorso con Tom, ma non riusciva a capire che non si trattava di gelosia; quella donna era viscida, cattiva e aspra, ma insistere, avrebbe comportato litigare nuovamente per una persona che restava la sua migliore amica. Lei, dal canto suo, non perdeva tempo nello screditarmi: aveva da ridire sulla mia professione, la mia vita , il mio modo di pensare. Evidentemente, gli scrupoli gentili che mi ponevo nei suoi confronti, provenivano solo da parte mia; ma sfortunatamente non si trattava di sopportarla solo in qualche serata, o in situazioni in cui c'erano altre persone, aveva preso la cattiva l'abitudine di organizzare serate a casa di Tom. Quella che sarebbe diventata casa nostra, ormai era diventata la sua arena, dove sfoggiava le sue conquiste professionali e personali. Non mi pesava il fatto di condividerlo con lei. Mi infastidiva la sua invadenza, la sua irruenza nella nostra intimità. Ormai, per starcene da soli dovevamo stare nel mio appartamento, dove in sua assenza la felicità non aveva limiti, anzi sembrava aumentare smisuratamente. Alcune sere, ci era capitato di ritrovarci, io e lei, s'intende. Furono quelle peggiori, nelle quali il mio autocontrollo andò a farsi benedire, per dare spazio agli insulti, ma anche lei da buona *lady* non perdeva tempo per controbattere. Il più delle volte sosteneva che non ero adatto a lui e che avrebbe meritato il meglio. A suo dire io non lo ero. Si era innescato uno strano triangolo, in cui i vertici eravamo noi tre. Avevo capito dove la sua mente deviata stava puntando, puntava al suo grande amore, innamorata perdutamente di Tom, si era fatta

traferire appositamente. L'unico cieco in questo schema malato era

lui. Avevo deciso di non parlagliene, non c'era bisogno, in fondo noi

ci amavamo e ciò che farneticava una pazza, non m'importava. Non

avrei mai innescato una bomba a causa sua. Avevamo deciso di

andare a vivere insieme. A breve avrei conosciuto i suoi genitori e

quella che finora era stata la mia vita, sarebbe diventata nostra, nella

quale lei avrebbe occupato un minimo posto,  forse ai margini.

# Capitolo 11

Bree era partita, era tornata negli Stati Uniti per qualche mese, lasciandoci spazio ed aria per riprendere le le nostre vite. Quel ciclone era passato, sapevo che sarebbe tornato, ma per quel tempo, tutto sarebbe stato talmente diverso da non pesarmi poi molto. Fra una settimana saremmo partiti per Marrakech, ci aspettavano giorni di vacanza fra quartieri, deserto e berberi; ma prima di questo, dovevo tener fede alle mie parole, era arrivato il momento di conoscere il signore e la signora Bettery. Un fine luglio torrido,

aveva sfinito gran parte dei londinesi che esausti, aspettavano agosto

evadere dalla città che s'era trasformata in una cappa di smog e

calura estiva. Per nostro conto, avevamo un pre-vacanza niente male.

La sveglia squillò alle otto e mezza. Era venerdì, il gran giorno era

arrivato. La sera prima, fortunatamente eravamo andati a dormire

presto, ma il sonno nonostante tutto non era arrivato, forse a causa di

una strana tensione che si era presa i mie nervi. Lui dormiva da un

pezzo, ma io continuavo a girarmi nel letto. Quando la sveglia aveva

iniziato, ero già in piedi e avevo imbandito la tavola per la colazione.

Si presentò in cucina regalandomi un baciò, dicendo: "Buongiorno

amore!" Nei suoi occhi c'era ancora tanto sonno, da rendergli la

faccia tenera come quella di un bambino. Mi guardò accigliato:

"Andiamo a trovare i miei!" Uno sbadiglio e continuò: "Non stiamo

partendo per la guerra. Quando hai preparato tutti questi dolci?"

"Ehm! Sta notte il sonno è andato via presto, mi son svegliato... e mi son messo all'opera per la colazione" "Qualcosa? Hai riempito la tavola. Non ti preoccupare, gli piacerai e poi... a chi dovevi piacere? Piaci già!" Gli sorrisi, bevemmo il caffè e mangiammo una fettina di torta. "Seguimi amore! Andiamo a farci la doccia" Era un abitudine che avevamo preso; era bello starsene sotto l'acqua a insaponarsi, senza erotismo, solo con la tenerezza di un abbraccio. Salendo in macchina, il Sole già picchiava forte, tanto che in pochi minuti la Maserati nera diventò un forno che ci costrinse ad accedere l'aria condizionata al massimo. Era passato appena un mese da quando avevamo percorso la stessa strada; ma era già cambiato il paesaggio, il verde era slavato, al suo posto c'era un giallo grano. I fiori rigogliosi, si fecero secchi. Un'estate così era insolita per l'Inghilterra, tanto che i segni erano più che evidenti. Guidava sicuro. Parlavamo del più e del meno, dalla partenza di Bree, fortunatamente non avevamo più notizie. L'attenzione di Tom nei suoi confronti era calata, non sapevo se dispiacermene o esserne felice. Lasciammo la statale, per una lunghissima strada di campagna. Ai lati si faceva spazio un rigoglioso bosco, che man mano si faceva sempre più fitto. Mi stavo cominciando a preoccupare, gli alberi centenari formavano una galleria, facendo trapelare ogni tanto qualche raggio di Sole. Davanti a noi, un antico cancello, sostenuto da colonne di mattoni rossi. Il guardiano ci aprì, in modo da far entrare la macchina e ci accolse con un inchino. Mi voltai immediatamente verso di lui che era diventato rosso in faccia. Dissi intimorito: "Beh, credo che forse potresti darmi qualche spiegazione, ti pare?" "Certo! Non appena saremo arrivati nella tenuta." "Nella tenuta, i tuoi genitori... i tuoi genitori abitano in una tenuta?" "Si!" Disse mortificato: "Lo so che dovevo parlartene prima, ma avevo paura che non venissi. Appena soli, dopo aver salutato tutti... ti spiego..." "Spiegarmi che cosa?" Ma i miei occhi era rapiti da un blocco di marmo dov'era scolpito "Penshurst Palace" "Fammi capire! La tua casa è sulle guide turistiche?" "Sì, la mia famiglia ha deciso di aprire le porte di tanto in tanto ai visitatori" "Ai visitatori... visitatori... capisco, capisco..." Mi ero ammutolito, una domanda assaliva la mia testa: "Ma con chi sto? Chi è la persona con la quale dormo?" Avevo paura che il dolce ragazzo che avevo imparato a conoscere e oggi amavo sopra ogni cosa, forse non lo conoscevo affatto. Avevo immaginato che la sua famiglia fosse agiata, insomma la macchina, l' università prestigiosa, i quadri, ma non fino a questo punto. Centinaia di persone, forse avrebbero pagato per essere al mio posto, ma non io. Il mio lavoro, mi aveva fatto conoscere quella gente, e il loro mondo. Sapevo che non c'era nulla di buono; una cornice dorata, presentava un orrido spettacolo, fatto di persone bigotte, false e ipocrite. Questo infondeva terrore nella mia mente. Dentro di me, una voce ripeteva ossessivamente che ero prevenuto, non dovevo fare di tutta un erba

un fascio. Alla fine, avevano messo al mondo Tom, perciò non

potevano essere come i loro simili. La macchina si bloccò sotto una

gran torre. Mi guardai attorno, di fronte a noi un immensa fontana ,

faceva da anticamera all'ingresso. Alle spalle una tenuta, enorme! La

sezione destra era occupata da un immensa ala rettangolare con un

quantitativo di finestre... da lasciare a bocca aperta. La facciata

centrale era caratterizzata da due torri imponenti e merlate che

raccoglievano l'entrata, chiusa da un greve portone in legno, decorato

con lo stemma di famiglia. "Tenuta", non bastava! Parliamo di

un'autentico castello. Qualcuno spalancò il portone da dove

sbucarono due enormi alani che si fecero contro a Tom, per salutarlo.

Una voce di donna li chiamava: "Andromeda, Pegaso a cuccia! Non

capisco l'ostinazione di tenerli in casa, Leopold." Era Victoria

Bettery, con al al fianco Leopold Bettery, madre e padre di Tom. Ci vennero incontro, e strinsero il figlio, con una tale forza che questi

gridò: "Mamma, dammi respiro." Poi si volsero a me e sorridenti mi

dissero: "Tu devi essere Marco, abbiamo sentito così tanto parlare di

te, ottime prospettive! Finalmente ti conosciamo. Dunque...

benvenuto in famiglia, mio caro!" Sua mamma mi abbraccio, come

solo le mamme sanno fare, imbarazzandomi. Pensai alla faccia da

contegno inglese. Suo padre mi strinse la mano, presentandosi

affabile, quel suo benvenuto in famiglia mi imbarazzò, ma smorzò la

tensione che mi stava uccidendo dalla notte precedente. Victoria,

aveva regalato quello splendido sguardo al figlio, una bellissima

donna! Ci aveva accolto con un abito verde scuro; anche se i

cinquanta li aveva già superati, possedeva un fisico da prima donna,

dei capelli dorati raccolti le incorniciavano il volto dai lineamenti

dolci. Leopold, invece ero un uomo alto, robusto, degno della

bellezza del figlio. Evidentemente, l'età per loro era un fatto puramente anagrafico. Si sarebbero creduti molto più giovani. "Sù,

entriamo! Sarete stanchi, immagino. Ho fatto disporre il pranzo in

giardino. Tesoro, vi ho fatto preparare la stanza nell'ala est, quella

degli arazzi con gli unicorni." Disse dolcemente sua madre. Un

enorme ingresso, ci si srotolò davanti, delle enormi scale in pietra

facevano da protagoniste, illuminate da vari ordini di finestre; un

larghissimo tappeto copriva l'antico pavimento in legno, grandi tele

decoravano le pareti, due archi posti sulla destra e sulla sinistra

portavano nelle varie parti della residenza. Mi strinse la mano, mi

sorrise. La paura era svanita come neve in primavera, ma mi sentivo

in soggezione, ero cresciuto in casale con i cipressi e mi ritrovavo in

un castello di epoca Tudor. Quel contatto aveva fatto scendere un pò

la mia rabbia, lo guardai e dissi: "Ala est con gli unicorni, eh?"

Scoppio in una risata. I suoi genitori erano davanti a noi, suo padre si

scusò e se ne rifugiò in biblioteca a terminare i suoi impegni. Sua moglie lo rimproverò, inveendogli contro che non mollava il lavoro nemmeno per il figlio. Lei da buona padrona di casa, continuava ad assillare i domestici per il pranzo, di modo che preparassero tutto secondo le sue istruzioni. Sembrava di essere dentro un film. Tutti premurosi, cordiali e gentili! Dopo aver salito due piani di scale, arrivammo nella nostra camera da letto. Sua madre, prima di aprirci la porta e lasciarci, si volto e disse sorridendo: "Spero che vi piaccia. Ho preparato una sorpresa." Girò i tacchi e con passo spedito, si perse nel lungo corridoio, illuminato dalle sue caratteristiche vetrate dipinte. La sua mano si pose sulla maniglia, la girò e delicatamente aprì la porta. Mi sorrise e con la mano, mi fece segno di entrare. Uno spettacolo colmò i miei occhi: un enorme letto a baldacchino signoreggiava all'interno della stanza, enormi arazzi coprivano le pareti e scostato a destra, un salotto di fronte ad un enorme camino in pietra. Ovunque posassi gli occhi, centinaia di rose bianche. Mi strinse forte e mi baciò. Anche se avessi voluto arrabbiarmi, l'odore

di quelle rose entrava inebriante nei miei polmoni, facendomi

dimenticare tutto quanto. Lo afferrai per fianchi e lo avvicinai a me. I

suoi occhi scintillavano, erano più limpidi che mai. Mi strinse il

volto con le mani e mi baciò, come mai prima d'ora. Ci buttammo sul

quell'enorme letto, perdendo i sensi del tempo e dello spazio. Ci

stavamo spogliando nella foga della passione, quando un attimo di

lucidità mi riportò a terra: "Amore, non siamo a casa, insomma...

siamo a casa dei tuoi. Mi è difficile." "Cos'è questo pudore! È

talmente grande! Non ci sentiranno." Ma le sue labbra arrivarono a

zittirmi, così da finire quello che avevamo cominciato. Rimanemmo

svestiti sul letto. Afferrai una rosa, dal vaso di porcellana che si

innalzava dal comodino, l'avvicinai al mio volto, volevo sentire quel

piacevole profumo. Portai quel fiore... sul suo fianco, disegnandone

il profilo. La sua pelle, rabbrividiva al tocco di quei petali vellutati.

Inarcò la schiena per far scivolare la tensione sulle sue gambe. Non

riuscivo a capacitarmi di tanta contentezza. Andammo in bagno e ci

lavammo. Aprii la valigia e un dubbio assalì la mia mente: "Tesoro,

cosa devo indossare?" "Va bene qualsiasi cosa! Infilati i pantaloncini

che fa così caldo...", mi urlò dal bagno mentre si asciugava i capelli.

Annuii, ma l'idea dei pantaloncini non mi garbava, li avevo sempre

visti come un indumento da spiaggia. Deciso, mi infilai un paio di

pantaloni e una camicia, anche lui alla fine abbandonò l'idea dei

pantaloni corti, mettendosi un paio di pantaloni ed una polo.

Andammo in giardino. Un enorme gazebo in ferro, velato di lino,

svolazzava alla brezza estiva e ci attendeva. Una candida tavola era

stata apparecchiata di tutto punto. Un centrotavola con delle rose

viola, smorzava tutto quel candore. Mi accomodai. Guardai le

posate: erano un esubero. Alla fine mi ricordai gli insegnamenti della

zia, facendomi coraggio. Ci servirono del pesce. La conversazione fu piacevole, fortunatamente la formalità si era fermata alla forma, non al contenuto. Parlammo del mio lavoro, di cosa pesassi dell'Inghilterra, insomma i tipici discorsi che ti aiutano ad ambientarti. Dopo il pranzo, sua madre mi rapì facendomi da cicerone sulla storia del palazzo, dei suoi tesori, dell'acquisizione nel tardo settecento da parte della famiglia. Fu interessante, ma sfinente. Intanto Leopold e Tom giocarono alcune partite a tennis. Erano le cinque, ma scaldava ancora un'afa insostenibile, e quella splendida giornata sembrava non avesse fine. Non contenti ,andammo in piscina, dove Tom approfittò per fare delle vasche ed io per crogiolarmi nel fresco dell'acqua. La mattina seguente, la colazione fu sempre formale, ma già diversa: si avvertiva una nota intima. Andammo a cavallo nel parco della tenuta, i suoi stalloni arabi erano di una bellezza straordinaria, neri, lucenti e veloci come il vento. La cena fu servita a bordo piscina, ogni volta si mangiava in un posto diverso, mentre la mia paura di sbagliare posata era immancabile; ma di tanto in tanto, Tom mi strizzava l'occhio per confortarmi. Ci chiesero delle vacanze, se volessimo andare in barca in Costa Azzurra, ma Tom intervenne dicendo che non avevamo le idee chiare, salvandomi, perché altrimenti il mio piano per andare Marrakech sarebbe saltato. La domenica fu caratterizzata da un abbondante acquazzone che ci obbligò in casa, dunque a parlare e ridere passando gran parte della giornata in salotto, come una vera famiglia. A meta pomeriggio, sua madre condivise un enorme album. Erano le foto di Tom, dal primo bagnetto, alla laurea. Ci salutarono con un entusiasmo molto più intimo di quello delle presentazioni, sua madre mi bacio e mi salutò, dicendo che ci avrebbe aspettato presto. Il rientro fu nettamente più rilassato dell'andata. Mi chiese scusa per la sua omissione, ma alla fine non aveva nascosto se stesso. Aveva nascosto ciò che possedeva. La cosa non mi pesava più, quella rabbia iniziale sie era dilaniata in quegli splendidi giorni. Mi

spiegò che non voleva che venisse etichettato per quello che aveva.

Lo rassicurai dicendo che non era mai stato più autentico. Quello che

possiede non è che un piacevole contorno. Lui non era diverso. Le

mie fobie, non avevano fortunatamente trovato posto. I genitori

erano stati splendidi e il dolce ragazzo che era con me, nel mio

appartamento, era lo stesso che era cresciuto in quel palazzo.

# Capitolo 12

Il taxi nero, o come piace denominarlo agli inglesi *black cab*, ci depositò all'ingresso del secondo terminale. Avevamo solo degli zaini, gli avevo detto che saremmo andati al caldo, ma lui era ancora allo scuro di tutto. Gli porsi una busta, lo guardai: "Buon compleanno, splendore!" "Marrakech, sul serio? Il mio amore mi sta portando a Marrakech? Grazieee... Non so cosa dire, mi hai stupito..." Mi strinse forte e andammo alle porte scorrevoli che ci dividevano dall'aeroporto. Heathrow brulicava di famiglie, uomini e coppie, pronti a viaggiare, chi per lavoro, chi per dovere e chi per piacere, come noi. Dopo la lunga fila al check-in, i bagagli erano pronti per la stiva. Il nostro aereo sarebbe a breve, il tempo dei soliti controlli e Londra sarebbe stata un ricordo. Il volo durò quasi quattro ore, occupando parte della mattinata. Di viaggi aerei ne ho fatti, molti dei quali da solo. Non ho mai avuto paura di volare, ma quel viaggio aveva l'aria di una gita scolastica. Quell'idea di libertà che ti permette di fare le cose più banali, ma fatte in quel contesto assumono un sapore nuovo. L'umidità era sparita, soffiava un caldo vento proveniente da chi sa quale sperduta regione della Mauritania. Una Mercedes degli anni settanta faceva da taxi, l'autista con folti baffi cantava, accompagnando la radio. Dai finestrini, una terra rossa si distendeva a perdita d'occhio. Le antiche mura, fatte di terra e sabbia, si intervallavano ad antiche torri. La città che era nata come crocevia fra deserto e Mediterraneo, oggi era una delle mete più chic

del Marocco. Il silenzio non c'era, al suo posto la frenesia, facendoci

giungere al nostro appartamento a passo d'uomo. Talvolta l'autista

abbassava il finestrino, urlando un saluto entusiasta agli amici. I

nostri occhi erano rapiti dal susseguirsi di strade, di quel mischiarsi

di gente e civiltà. Donne scure, coperte da colorate vesti,

camminavano al fianco di donne coi capelli sciolti, con gambe

lasciate libere a quel Sole ardente. L'appartamento che avevo

prenotato, non era molto lontano dalla Medina. Non volevo trovarmi

con un'altra Europa da sopportare, sul mio passaporto era stampato il

timbro del Regno del Marocco e per tutto il tempo che avessi avuto a

disposizione, volevo gustare, capire, conoscere e osservare quel

patrimonio di diversità. L'appartamento era al terzo piano;

Naturalmente senza ascensore, quel tragitto che ci frapponeva dal

portone di ingresso alla porta di casa, servì a riprendere fiato, un'aria fresca, pulita, faceva di quei gradini un'ottima oasi che ci riparava da quel caldo cocente. Ad accoglierci c'era il proprietario. Ci salutò. Ci offrì un bollente bicchiere di tè alla menta, abbastanza caldo da scottarmi la lingua. Finalmente soli, ci abbandonammo su divani come nuvole, ad abbracciarci. Eravamo noi, un nuovo mondo e fuori ci attendeva il resto, ma forse l'impazienza di conoscere poteva essere frenata dal nostro reciproco desiderio. Una doccia veloce e via, verso piazza Jemaa El Fnaa. La principessa, così la definiscono i marocchini, animata dal tramonto, fino a notte inoltrata e incantatori di serpenti, mercanti, i suonatori. Gli occhi si perdevano in quello spettacolo. Passeggiavamo, fermandoci a volte, a notare le cose più disparate, dai venditori di tajine, cosi variopinti da formare interi muri, dove ogni pezzo era unico, alle bancherelle che vendevano pietanze veloci, l'odore di cumino e zafferano era così intenso da stordirci. Il Sole caldo splendeva sulle terrazze, donne affaticate mettevano a stendere i tappeti rosso rubino. Quel susseguirsi di nodi incorniciava le case, Marrakech risplendeva. La tenda lasciava trafilare quel tanto di luce da svegliarmi. In casa, il silenzio. L'odore della menta e dei fiori d'arancio provenienti dagli appartamenti vicini, mi scuoteva in maniera gentile. La cucina, un posto che ho sempre adorato, offriva la veduta su un terrazzo colmo di piante. Davanti a me, innumerevoli colori spaziavano dall'azzurro del cielo, all'ocra delle abitazioni. Ho sempre amato i terrazzi, ma quello permetteva di vedere ogni dove, senza essere nell'occhio, il che mi compiaceva. Il campanello squillava, ma non me ne rendevo conto. Il muezzin stordiva la mia mente, chiamando i fedeli alla preghiera. Nel frattempo, l'amorevole insistenza aveva fatto sì che io sentissi, aprivo la porta, cercando di capire il motivo di quel frastuono; i suoi occhi verdi mi diedero un buongiorno, facendomi dimenticare tutto, anche il suono della mia voce. Le sue labbra senza nemmeno parlare cercavano le mie parlando senza fiatare, e riempiendomi la bocca di parole sussulti, e sussurri, quasi a stordirmi. Erano sparite le case, i colori, i profumi, le dolci donne velate che si affrettavano al mercato e con loro, le urla dei mercanti. C'eravamo noi. Il mondo non importava. Quei giorni furono splendidi, perfetti; ma Marrakech sarebbe stata solo una parte della vacanza, avevo affittato, sempre a sua insaputa, un jeep. Arrivare lì, a oltre duemila chilometri da casa, per una città, non mi bastava. Volevo il deserto, i villaggi e le bianche case di Essaouira. Quel Paese, ci regalava ogni giorno un ventaglio di colori sempre diverso, sempre più intenso. Preparai gli zaini, lui era ancora là, sotto le lenzuola, il suo sguardo domandava, ma i mie sorrisi non concedevano granché. "Alzati, dobbiamo partire! Cosa pensavi di goderti, solo una caotica città?" Si acciglò, non riusciva a capire. "Beh! È già tutto perfetto così, no?" "No! Dai, alzati! Ci aspettano ancora delle cose da vedere." A guidare ero io questa volta, il tragitto non fu molto lungo ed in quattro ore

arrivammo. Il rosso, aveva lasciato il posto a un dedalo di case

bianche che si affacciavano sul mare. Lì ci aspettava un'altra casa,

nuovi profumi, come quello dell'acqua salmastra e del pesce appena

pescato, facevano da protagonisti. Passammo quattro giorni sotto il

Sole, in spiaggia, a goderci le nostre prime vacanza. Il Sole si stava

alzando, forse  stanco dal giorno prima. Il nostro viaggio, questa

volta sarebbe stato molto più lungo. Lasciammo la costa atlantica, e

tornammo nell'entroterra. Il turismo non aveva intaccato più di tanto

quei luoghi. C'era ancora un aria selvaggia, le persone erano

cambiante, sempre sorridenti... però; ma più dei visitatori si

occupavano di coltivare e condurre la loro vita. Arrivammo a

Taroudant la sera e fu l'unico posto in cui la mia avversione per gli

alberghi, si lasciò conquistare da un antico *riad*. L'indomani

avremmo seguito le pendici della catena dell'Anti Atlante, il deserto ci attendeva. Per chilometri, il nulla ci fece compagnia, lasciandoci discorrere. Apprezzavamo quei paesaggi lunari, le strade si perdevano in vallate, circondate da terrazzamenti naturali, qualche villaggio faceva da ristoro, disturbando quell'armonia. Infatti, fu proprio uno di questi che ci accolse per la notte. Il giorno dopo, finalmente Erg Chebbi, luogo dove la natura non era ancora stata sconfitta dalle mani dell'uomo, il Sahara si distendeva, le dune, dolci, sembravano luccicare al Sole. Sembrava assurdo, ma il mondo aveva nascosto un posto in cui le macchine erano rifiutate. Gli unici mezzi per percorre quella terra erano i piedi o i cammelli. Incontrammo degli uomini alti, coperti da vesti blu. Erano i Mauri, una popolazione nomade che da sempre, non prova a sconfiggere la sabbia, ma ci convive pazientemente. Diretti per chissà quale destinazione, forse il deserto algerino. Un incontro così suggestivo ci lasciò senza fiato. Parlavano solamente arabo; ma i gesti e i sorrisi, ci portarono a dormire in una tenda nel deserto, sotto un cielo mai visto

prima.

# Capitolo 13

Erano appena passati sei mesi dall'arrivo e la mia vita aveva preso un'altra direzione. Mi guardavo intorno, avevo paura di dimenticare qualcosa, le valige erano chiuse, gli scatoloni, erano nuovamente in attesa di essere aperti, ma ancora chiusi, aspettavano di essere spostati. Il citofono suonò, il signore che mi avrebbe aiutato a portare tutto a casa sua, era arrivato. Dovevo solo portare le chiavi in agenzia, e quella che era stata la mia casa, sarebbe diventata un ricordo. L'idea di andare a vivere insieme, mi riempiva l'anima, anche se d'altro canto, mi intimoriva non poco; ma credo sia normale, prima di compiere qualsiasi passo importante, c'è sempre di esitazione, quell'attimo in cui ci si chiede se quello che si va a fare è ciò che si desidera. Avevamo caricato tutto nel furgoncino. Salii un ultima volta, per vedere un'occhiata. Il vuoto, non mi faceva minimamente ripensare alla scelta fatta, la confermava. Quel pomeriggio, aveva deciso di lavorare da casa, in modo tale da non lasciarmi solo nel sistemare le mie cose. Tutto stazionava nell'androne. Qualche viaggio in ascensore, e la mia vita si sarebbe ufficialmente trasferita in Lamb St. Alle fine l'idea di ristrutturare quella casa era una pura follia, troppo grande, c'era spazio per entrambi, andare a mettere mano sarebbe stato un capriccio infantile più che una necessità, pertanto era rimasto tutto com'era. Appena saputo dal portiere della mia presenza, scese immediatamente per aiutarmi a caricare, tre viaggi esatti come avevo previsto e tutto era al posto giusto. Orgoglioso, mi disse: "Benvenuto a casa", consegnandomi le chiavi. Era buffo vederlo in tuta e t-shirt. Insomma, lo avevo visto centinaia di volte vestito, oppure nudo, ma in quella veste casalinga mi mancava. Era bello lo stesso, se non di più. Sistemai i vestiti, due scompartimenti esatti e tutte le mie cose erano stipate. Ce ne erano altri quattro liberi, dove decisi di rimettere i suoi vestiti, per fare spazio ai miei. Quando se ne sarebbe accorto, avrebbe brontolato un po', ma gli sarebbe passata in fretta. Mi aveva fatto giurare che qualsiasi cosa che non mi fosse piaciuta, l'avremmo cambiata; ma da cambiare, davvero, non c'era proprio nulla. Andai subito nello studio, abbracciandolo. Era bello averlo. L'idea di avere una casa nostra, fare la spesa, addormentarci sul divano con la televisione accesa mi completava. Trovavo un spirito nuovo nel fare le cose più stupide, come aprire una finestra, andare in bagno o semplicemente prendere dall'acqua in frigo. Volevo cucinare

qualcosa di speciale quella sera, decisi di preparare della pasta fatta

da me, con degli scampi e carciofi, aromatizzata con ginepro e vino

bianco, una ricetta che tenevo da parte per le grandi occasioni, e quel

giorno era proprio una di quelle; ma il telefono squillò,

interrompendo quell'armonia. Bree, era appena atterrata, ma la voce

di Tom fu chiara nel negarle la visita. Sarebbe stata la nostra serata, e

nessuno avrebbe potuto rubarci niente, tanto meno il tempo. Mi

stupì! Avrei scommesso tutto che nel giro di breve, saremmo stati in

casa in tre, invece la lasciò fuori. Aveva iniziato a somatizzare la mia

naturale antipatia nei suoi confronti, ma da buon diplomatico, cercò

di gestire tutta la situazione con la sua innata gentilezza. Finalmente,

non c'era più una mia casa, o una sua casa. Non ci sarebbe più stata

una mia vita, o una sua vita. C'era solo un qualcosa di nostro che

quotidianamente cresceva, alimentando quel sentimento, soave, così puro e così perdutamente nostro. Quella sincronia, quella simbiosi,

riusciva a resistere anche nelle giornate in cui nervosismo e stress,

sembravano vincere. Era novembre, il Sole, il mare, quella

meravigliosa vacanza, erano dei ricordi ancora vivi in noi. Il freddo e

la pioggia miravano alla città, l'appartamento di Elisabeth era

finalmente, completato. La cucina in noce era stata montata, il suo

marmo candido padroneggiava, aspettava di essere usato, sporcato,

vissuto. Tutto era al suo posto, il tavolo in cristallo, le sedie, il letto.

Tutto era in ordine e aspettava la legittima proprietaria. Forse il

nostro primo bacio, la paura di non riuscirci, avevano creato un

legame fra me e quelle pareti. Arrivò nel pomeriggio, il suo stupore

fu tale che mi salì un fitto magone in gola. Mi stacco l'assegno e

promise che tutte le sue future case avrebbero preso vita grazie ai

miei progetti. La mia agenda si era calmata, ora mi attendevano

piccole cose; ma una di queste mi preoccupava, non per la sua riuscita, ma perché mi avrebbe portato fuori città. Mi avrebbe portato

a Bath. Da quando nella mia vita era entrato Tom, fortunatamente,

nessuna occasione aveva fatto sì che ci allontanassimo più di una

giornata. Mi sentivo sciocco, ma non volevo allontanarmi da Londra,

lasciandolo solo anche se per una settimana. La mia preoccupazione

era alimentata da Bree che da quando si era stabilità in città,

avevamo perso un po di lustro. Insomma, noi restavamo noi, ma con

lei eravamo diversi. Io ero teso, non riuscivo a sopportare quella

donna. Quella stupida tensione, si immetteva in noi lentamente,

come fa il fiume con un lago. E con la tensione arrivarono i primi

litigi, seguiti però da grosse risate, perché quando finivamo non ci

ricordavamo nemmeno il motivo che ci aveva spinto a iniziare. Una

pioggia fitta quella mattina, batteva sui i vetri. Il mio treno sarebbe

partito alle sette precise. Lui dormiva ancora quando gli dedicai un

biglietto e lo baciai in fronte, ma il sonno era profondo da non accorgersi. Sonnecchiando, avevo aperto l'ombrello, il trolley si infradiciò presto; ma il tragitto da casa alla stazione era talmente breve che sarebbe stata una follia chiamare un taxi. Erano le sei e venti, approfittai per una pausa caffè, prima di salire sul treno. Il treno era quasi vuoto, qualcuno leggeva il giornale, un ragazzo ascoltava musica tendendo stretta la sua bicicletta. Mi addormentai subito. Meno male che il controllore passò, svegliandomi alcune stazioni prima della mia a controllare il biglietto, altrimenti chissà dove sarei sceso. Ad attendermi c'era Chris, il marito della signora, dalla quale avevo ricevuto la commissione. Si trattava più che altro di rifare la tappezzeria, carta da parati, divani e tende. Avevo mandato delle campionature, ma non avevano ancora scelto. Mi accolse con grande diffidenza, lo salutai e andammo a fare il sopralluogo. Pensai che prima di rifare la tappezzeria ci sarebbero state da cambiare un pò di cose. Un assurda parete, divideva la cucina dal tavolo, non dando dignità né ad una stanza e tanto meno

all'altra. Un pavimento che andava rifatto era in noce, sarebbe

bastato lucidarlo, per ridargli una presenza. I mobili non erano un

granché, un'accozzaglia di componenti di pessimo gusto che

avrebbero dovuto apparire come un elegante country inglese. Chris,

notevolmente più pratico della moglie, meno legato agli oggetti, non

ne poteva più di vedere quel posto in quelle condizioni. Per questo

motivo, all'insaputa della consorte mi aveva pregato di renderlo

arioso, più pulito e soprattutto più sgombro. Loro, nel frattempo

sarebbero andati a vivere da una zia. La loro vita era talmente

frenetica che non gli dava la tregua per seguire la ristrutturazione. Un

lavoro che avrebbe preso al massimo due settimane, si era

trasformato in un'impegno che non mi avrebbe lasciato libero prima

di Natale. La cosa che mi faceva più male sarebbe stata rimanere

fuori casa per quasi due mesi. Mi consegnò le chiavi e diede il numero del migliore amico che si occupava di edilizia. Avevo

pensato di richiamare Carter, mi era piaciuto il suo modo di lavorare,

ma invece avrei dovuto chiamare un certo Richard Simons. Una voce

gelida, mi chiedeva se c'erano da fare lavori a livello di strutture,

quanti e quali erano in ballo. Più volte cercai di interromperlo, ma

fingeva di non sentire, fin quando mi uscì la voce grossa che lo

fermò e cominciò a capire che oltre la parete e il pavimento, gli altri

lavori sarebbero stati di pura decorazione. Sarà stata la pioggia, la

lontananza, i due personaggi che avevo conosciuto, ma la

permanenza a Bath mi stava stretta. Afferrai affettuosamente il

telefono per chiamarlo, ma non rispondeva, avevo bisogno della sua

voce, volevo sentirlo, ma non rispondeva. Mi chiamò la sera tardi,

raccontando di una lunghissima giornata lavorativa, e che sarebbe

stato a casa, e che magari sarebbe passato Bree. Sarà stata una mia

sensazione, ma c'era qualcosa di algido in lui. Mi convinsi che sicuramente era il suo modo per sopperire alla nostra lontananza, e

mi buttai sul letto. I giorni seguenti furono sempre peggiori. Certe

visite frequenti da parte di Chris, alteravano la mia fibra nervosa.

Non capivo! Se una persona ha tempo per venire due volte al giorno

a salutare il Richard di turno,  avrebbe sicuramente tempo per

seguire i lavori di casa propria; ma già dopo la seconda settimana,

non gli davo più peso. Fra pochi giorni avrebbero finito ed al loro

posto sarebbe arrivato un simpatico signore sulla sessantina: Jack.

Finalmente arrivò la scelta da parte dei coniugi dei tessuti. Nel

mentre, io e il simpatico Jack avevamo tolto quello che ci sembrava

in più, portando a far ridipingere anche dei mobili per renderli più

presentabili. Con una macchina a vapore, riuscimmo a scollare

facilmente l'orrenda carta a fiori lilla e gialli che caratterizzava quei

muri da anni. Al suo posto avremmo incollato un elegante carta a

righe bianche e verdi, che avrebbero reso giustizia a quella tipica casa inglese. Il legno sarebbe stato sottoposto ad un trattamento sbiancante, rendendolo più provenzale; gli orrendi mobili in mogano, pian piano sparirono e loro posto arrivarono dei tavolini laccati neri, e un enorme tavolo avorio. Il lavoro, in fondo procedeva meglio del previsto; ma Tom sembrava sempre più distante: le sue chiamante erano sempre più veloci, sempre più fredde. Nei fine settimana precedenti, avevo lavorato e anche se la voglia di vederlo era forte, mi sembrava un'ingiustizia farlo arrivare fin lì per dormire e basta. Avevamo preso una sorte di buffa routine, composta da una chiamata al mattino, una a pranzo e una per darsi la buona notte. Tre chiamate al giorno erano qualcosa, ma non mi bastavano, forse ero stato abituato troppo bene. Un sabato sera, provai a chiamarlo più volte, ma né al telefono di casa né al cellulare, ottenni risposta. Andai a dormire sconsolato, pensando le cose più assurde, ma la stanchezza arrivò così in fretta, facendomi addormentare subito. L'indomani sera, finalmente ero riuscito a sentirlo, si scusò generosamente, sostenendo di essere stato a correre, poi in palestra e una volta a casa, si era addormentato profondamente e non sentì nulla. Si scusò, dicendomi che non sapeva più come passare il tempo e che se non fossi tornato in fretta, sarebbe morto di noia. Sentivo dentro di me, una voce che chiedeva di più, non poteva fidarsi. La tela che univa noi due, aveva perso qualche filo, ma non riuscivo a capire quale. Dopo tutto, sentirlo e sapere di poterlo baciare nuovamente, placava le domande. Per fortuna quel lavoro era terminato. Per il mio rientro a Londra mancavano un paio di giorno e sarei tornato casa, sarei tornato da lui.

# Capitolo 14

Dopo due mesi vagabondi, il mio ritorno era stato segnato da

un continuo correre. Le mie fobie, le mie fisime erano svanite. Mi

era bastato rivederlo, sfiorarlo, per dimenticare tutto quel passare

lontano da lui. La neve precipitava fitta dal cielo, i tergicristalli

riuscivano a stento a pulire il parabrezza, la lunga strada di

campagna si era vestita di bianco, gli alberi si presentavano nudi

sopra le nostre teste. Finalmente, il cancello d'ingresso, la dimora era illuminata e addobbata elegantemente, per accogliere il Natale. La mia mano, stringeva fortemente la sua. Sarà stato il freddo. Sarà stata l'aria di festa, ma dei brividi percorrevano le mie braccia, ma una stretta sempre forte, placava le mie incertezze. Il vialetto che conduceva al maestoso portone d'ingresso, era stato costellato da una miriade di lanterne. Le impronte lasciate dai nostri piedi venivano ricoperte velocemente, da quel seguire incessante di fiocchi di neve. L'antico salone veniva messo in secondo piano dall'elegantissimo albero, decorato da un infinita quantità di sfere di vetro, finemente decorate. Un enorme tavolo tondo era posto, al centro della sala, imbandito di tutto punto per la cena della vigilia. Leopold e Victoria, ci accolsero con il loro entusiasmo ed eleganza. Dopo due settimana di selettive ricerche, avevamo finalmente trovato i loro regali: un ricco orologio da polso anni quaranta, sarebbe toccato al padre, mentre alla signora Bettery un delizioso cammeo di Epoca giorgiana, comprato da un singolare antiquario a Kensington. Per le feste

rientravo generalmente a casa, ma quell'anno c'era stato un cambio di

rotta, era arrivata una nuova tradizione. Il senso di disagio delle

prime volte non c'era ed un aria famigliare, frizzante, distendeva i

nervi, facendomi sentire come se fossi stato in famiglia. Era strano

stare sul divano, con il camino scoppiettante che riscaldava

l'ambiente. "Allora, ragazzi! Come va la convivenza?" Un attimo di

esitazione! Poi lui rispose per noi: "Al meglio dei modi! Mamma, sai

è la prima volta, ma credo che meglio di così non si possa andare,

non credi amore? "Sì è vero, non potrebbe essere meglio di così,

insomma ci compensiamo, dove non arriva uno arriva l'altro, ma non

è che sia stato scelto prima. Ci viene naturale." "Siamo felici per voi.

Vivere insieme è una prova che non tutti superano. Non è semplice

mettersi a nudo di fronte all'altra persona, fuori dal letto, mostrando

le proprie debolezze. Non è semplice. Noi... siamo fortunati, per la vita che abbiamo fatto fino a ora, non ci siamo mai dovuti preoccupare di nulla se non di noi stessi e credo che questo sia già un vantaggio." Intervenne Leopold: "Bene, credo ora sia arrivato il momento dei regali. Che ne dite di aprirli?" Un sorriso collettivo rispose alla domanda. La mia mano, afferrò un pacchetto, il nastro di seta la sfiorò; Tom, invece prese quello del padre. Con gentilezza, le nostre mani si sporsero e consegnarono le confezioni ai legittimi destinatari. Una lacrima solcò il viso di Victoria e un enorme abbraccio raccolse sia me che lui. "Grazie, ragazzi! È davvero bello. Non dovevate disturbarvi. Davvero, grazie!" Il padre stava ancora litigando con il nastro, per riuscire a sciogliere il fiocco, senza frantumare nulla. Era strano! Due persone che avevano tutto nella vita, sembravano imbarazzati dai nostri regali. Insomma, era stato difficile trovare qualcosa per loro, ma le nostre ricerche sembravano riuscite. "Questa è opera tua Marco, insomma mio figlio che cerca un Baume et Mercier, non lo vedo proprio, visto che il mio Tom ha sempre odiato gli orologi." "Diciamo che... sì, insomma... abbiamo cercato di coordinarci il più possibile. Londra, prima delle feste impazzisce, diventa impossibile trovare qualcosa di significativo." La cameriera, interruppe: "Signori, il vostro Champagne." "Grazie, Clotilde! Non serviva, ti avevo detto di ritirarti dopo cena. Fa gli auguri a Ferdinand e ai piccoli, spero che i regali vi siano piaciuti", l'accolse Victoria. "Grazie, signora!" Dopo averci consegnato i bicchieri, sparì nell'enorme arco che portavo all'ingresso. Un brindisi, e gli auguri. "Ah, un momento! Leopold, ci stavamo dimenticando. I regali dei ragazzi!" "Mamma! Non serviva." "Zitto, tu! Ecco, Marco! Questo è per te." Mi trovai per le mani una pesante busta, la carta era spessa, con le dita si sentivano dei filamenti. Senza rovinarla, cercai di aprirla. Un foglio e una chiave; li sfilai fuori, ma non capivo. Sua madre, capendo la mia esitazione: "Beh, dicono che il lavoro ti sta andando bene. Visto che ormai vivi qui, pensavamo

che uno studio dove ricevere i clienti sarebbe tornato utile." I miei

occhi si erano riempiti di lacrime, non avevo mai pensato di prendere

uno studio in affitto fino a quel momento; ma a pensarci era stata una

grande idea. Abbracciai e ringraziai. Anche se mi sentivo in forte

imbarazzo era un regalo azzeccato. Leopold, si rivolse al figlio:

"Non sapevamo cosa regalarti, ti abbiamo fatto un bonifico. Prendi

quello che ti serve." Eccoci, tutti e quattro a sorridere e brindare.

Nonostante tutto, sapevano come far ambientare le persone. Erano

stati bravi genitori. Pazienti! Giusti! Con un grande cuore! Noi due,

ci eravamo ripromessi di non farci regali. Anche se quello era il

primo Natale insieme, non avevamo bisogno di nulla. Piuttosto che

fare regali inutili, eravamo giunti a un compromesso: non appena

possibile, saremmo andati a fare qualche giorno fuori. Nei giorni

seguenti, i protagonisti furono degli strampalati parenti di Leopold, certi prozii da Manchester, arrivati in occasione delle feste. Erano

brillanti, simpatici, ma con una forte predisposizione a bere fuori

pasto. Ormai era il ventinove, fra pochi giorni sarebbe stato l'ultimo

dell'anno. Avevamo deciso di comune accordo di finire a Parigi, da

mia sorella. Le strade erano fortunatamente vuote. In poche ore,

saremmo arrivati a destinazione, grazie al tunnel della Manica. Era

bello viaggiare in macchina, appoggiare la mia mano sulla sua. Il più

delle volte, la posava sul cambio, quasi come se aspettasse la mia.

Parlare, commentare gli strani individui che incontravamo sul farsi

della strada, cantare, era assai più goduto di quaranta asettici minuti

d'aereo. La tangenziale, brulicava di macchine. Il verde delle

indicazioni, ci portavano sempre più vicino a mia sorella Elettra. Lei

era il mio orgoglio nella vita. Dopo un difficile esame era riuscita ad

accedere alla facoltà di economia, e un anno dopo ad ottenere delle

vantaggiose borse di studio. Si era fatta da sola e adesso lavorava nel consiglio direzionale di una società di gestione fondiaria destinata a possedimenti oltre mare. La vittoria professionale era solo una parte della sua vita, aveva incontrato la sua dolce metà qualche anno dopo la laurea e dopo il fidanzamento, si erano decisi a sposarsi; Denis era la l'incastro esatto per mia sorella, la completava, le trasmetteva passione e sentimento in quella vita di razionalità e numeri. Ormai da anni, abitavano insieme in un grazioso appartamento in Rue de Braque, nel quartiere de Le Marais. Parigi era ancora candida sotto la neve, il freddo aveva rinchiuso in casa la maggioranza degli abitanti, lasciandola pulita per chi sa quanto ancora da smog e traffico. Trovare parcheggio in quella parte di città era stato veramente difficile, ma dopo un ora di ricerche ne avevamo trovato uno non lontano da casa. Non avevamo che quattro anni di differenza, ma avevo sempre visto Elettra molto più grande di me. A lungo, prima di fare qualcosa avevo sempre avuto il bisogno di un suo assenso.

Era un esigenza che più di cercare l'approvazione, voleva  conferma.

Avevo bisogno di sapere se quello che stavo per fare, fosse giusto;

ma col tempo, sono riuscito a rafforzare il mio carattere, quel

bisogno di conferme continue, aveva lasciato spazio alle confidenze

e ai consigli. Ci accolse, nella sua casa, sembrava che Tom fosse

stato da sempre al mio fianco. Lei, forse più tutti loro tre mi

conosceva, sapeva delle mie debolezze, dei miei anni in cui l'essere

stato da solo mi aveva contraddistinto. Era stata la prima persona a

cui avevo detto di me. Era stata la prima ad ascoltare la mia prima

cotta per un ragazzo. Mi sembra di vederla ora, le sue braccia che mi

stringono; ed ora, senza battere ciglio, accoglieva con naturalezza la

presenza di Tom. Le avevo raccontato tutto, ma i suoi impegni di

lavoro e i nostri, avevano fatto sì che non fossimo riusciti a vederci

prima di quell'occasione. Ero felice di rivederla, pian piano i pezzi

della mia famiglia sparsi del mondo si stavano prendendo il loro posto nella nostra relazione, più parti arrivavano, più il mio

equilibrio si rafforzava. Fuori dalla finestra, una bufera di neve

sembrava prendersi la città, costringendoci a stare seduti in sala a

chiacchierare. Stavo cominciando ad apprezzare seriamente Denis,

non che prima d'allora non lo facessi, ma nei suoi discorsi, ritrovavo

un uomo forte, pieno di sani principi che parola dopo parola, riusciva

a conquistare la mia totale approvazione. In fondo l'avevo visto

poco, sempre di sfuggita. La mia vita a Milano era sempre stata tanto

una corsa che a volte, tornare in Toscana mi risultava impossibile. Il

più delle volte capitava quando mia sorella e la sua metà venivano a

trascorrere le vacanze di primavera; ma in quei pochi giorni insieme,

farsi un idea era complicato. Amici, parenti, sempre fra i piedi!

L'assenza di figli ci dava la libertà di scelta, non avevamo

programmi precisi, si era parlato di mangiare a casa e poi uscire a

festeggiare la mezzanotte a Place de la Concorde. In fondo era un ottimo programma. L'età adolescenziale era passata da un tempo che aveva portato con sé la sfrenata voglia di ballare, chiusi al buio con luci stereoscopiche sparate fino a stordire. Io e mia sorella pensavamo a cucinare, mentre di là Tom e Denis parlavano della città delle sue mode, dei suoi quartieri e dello strepitoso Borgogna che mia sorella aveva riservato per l'occasione. Come spesso accade cucinarono una quantità tale che avremmo finito di consumare nei giorni a venire. Guanti e sciarpa, cercavano di coprirci, ma il vento freddo proveniente dall'Atlantico sembrava più forte. Erano le undici. Le strade erano affollate. La tranquillità che aveva contraddistinto il nostro arrivo era sparita con le risa dei bambini e i botti festivi. L'obelisco si riusciva a mala pena a vedere, la grande piazza era gremita di persone, la Senna sembrava gelarsi sotto quel freddo polare. Poi il tre, due, e uno: buon anno! Di impulso gli afferrai la mano e mi girai a baciarlo. Fiocchi di neve si erano fermati sulle sue labbra, rendendole fresche e umide. Fu il nostro

primo Capodanno, primo di una lunghissima serie. "Quando finite,

magari avvisateci, eh?" "Scusaci, Elettra! Vieni qui, fatti

abbracciare. Auguri, sorrellona!"

# Capitolo 15

Se le temperature di dicembre e gennaio mi avevano gelato le ossa, ancora più freddo era stato il mese di febbraio. Anche se ancora non riuscivo a capacitarmene, il nuovo studio era perfetto, non mancava nulla. C'era addirittura un angolo cucina dove preparare fumanti tazze di te per i mie clienti. In quel periodo, il lavoro si era quadruplicato, le consulenze erano tante, anche se molte delle quali, per piccoli lavori; ma c'erano e il mio nome circolava di casa in casa, facendomi squillare il telefono continuamente.

Avvertivo la mia vita perfetta, mi sentivo appagato. Mi sentivo

arrivato sotto tutti i punti di vista, la mia dolce metà era sempre più

dolce e il mio lavoro sempre travolgente. C'erano delle giornate,

nelle quali i sopralluoghi mi portavano da Notting Hill a Mayfar,

finendo a Bloomsbury, senza nemmeno accorgermene. Le case

cambiavano di stile e di forma di volta in volta, così come

cambiavano i proprietari, a volte altezzosi, altre talmente ospitali da

mettermi in imbarazzo. Fu una di queste giornate, dove il corri-corri

sfinente mi aveva portato a St. James Square, che cambiò

radicalmente la mia esistenza. Mi trovavo a casa della signora

Broadwick, una simpatica signora sulla settantina, dedita allo

Cherry. Mi aveva chiesto di rifarle il salotto, carta da parati, divani e

decori per i soffitti. Dopo un insistenza estenuante, mi aveva

convinto ad accettare un bicchierino, mentre le spiegavo cosa si poteva fare con il suo salone; e fra un consiglio e l'altro, il mio

telefono cominciò a squillare. Era Victoria. Avevamo preso

l'abitudine di sentirci spesso, al punto da sentirla come amica più che

come una suocera; ma a quell'ora era veramente insolito. "Ciao,

Marco! Disturbo? Scusa, ma mi sembrava importante e ho pensato di

chiamarti. Ho saputo solo ora... mi spiace veramente, insomma...

ormai ti vedevo come un figlio, un amico... e ora.. Oh, il destino

delle volte cosa non combina. Accidenti al testone di mio figlio! Per

caso, non è che il suo viaggio sia dovuto da questa vostra

situazione?" Cadevo dalla nuvole. Non riuscivo a parlare. Sapevo

che Tom era fuori per lavoro, era stato spedito dalla banca ad

Hannover per tenere dei corsi; ma mai e poi mai avrei pensato che

fosse partito a causa mia. Insomma da bravo italiano, i panni sporchi

li lavavo in casa. Un tremolio frenetico si era impadronito delle mie

mani. Non sapevo cosa stesse dicendo e soprattutto, non sapevo cosa risponderle. La signora Broadwick mi faceva cenno con la bottiglia, se avessi voluto altro liquore, scuotevo la testa per negare, ma aveva versato comunque un altro bicchiere. Forse aveva capito dalla mia espressione che mi sarebbe servito. "Ciao Victoria!Non so di cosa tu stia parlano, insomma l'ho sentito un ora fa mentre stava andando a tenere una lezione. Cosa gli è successo?" "Lo so che stai male, magari il fatto che io sia sua madre ti imbarazza e hai cercato di far finta che vada tutto bene, ma un colpo basso del genere credo faccia male..." Avevo capito che era meglio proseguire la telefonata fuori, salutai con la mano la simpatica signora, e le feci cenno con l'indice che ci saremmo visti dopo. Mi fiondai fuori, volevo sapere cosa diavolo stesse dicendo. "Veramente non capisco..." "Mi ha chiamato Bree, quel disastro di ragazza, e mi ha detto che è incinta di tre mesi." "Ah, bene! Così si leverà di torno una volta per tutte." "Sì! Potrebbe essere una giusta osservazione, se il padre non fosse mio figlio." Una rabbia, mista a una delusione trasaliva. Nel mio stomaco

arrivò un colpo. Mi sentivo a terra come un pugile dopo il colpo di

grazia. Il mio sangue si era gelato, tanto da far male alle vene. Non

sapevo cosa risponderle. Gli occhi si erano riempiti di lacrime. Sì,

lacrime, ma di rabbia, per il dolore ci sarebbe stato tempo più avanti.

Avrei voluto che Tom fossi lì per chiedergli spiegazioni; ma sarebbe

tornato fra non meno di due giorni. "Cosa!? Insomma! Dai, non ci

credo! Non può essere! È un tuo scherzo. Per caso torna prima?"

"Oh, mio Dio! Ho combinato un gran casino. Mi dispiace. Davvero...

Tu quindi eri all'oscuro di tutto!?", disse con voce tremante. "Sì!

Come avrei potuto sapere altrimenti?" Le lacrime cominciavano a

scendere, erano calde tanto da bruciarmi il volto. Cercavo di avere

più autocontrollo possibile. Mi sarei sfogato a casa non appena

arrivato. "Mi dispiace bambino mio, davvero! Mio figlio... sì, lo

devo proprio dire... si è comportato da grandissimo stronzo! L'ho cresciuto, allevato, ma di questo misfatto non me ne prendo il merito.

Vuoi venire da me? Leopold è via anche lui, non vado al circolo per

qualche giorno. Penso che stare in quella casa da solo possa

ucciderti. Di dolore." "Non so! Ho bisogno di capire. Voglio, e devo

capire. Ci sentiamo più tardi!" "Come vuoi! Se hai bisogno, sai come

trovarmi." Il mio petto batteva una forte tachicardia, tale da farmi

mancare il respiro. Continuavo a piangere chiedendomi come fosse

stato possibile. Ripetevo a me stesso che sicuramente si era tratto di

un tiro mancino di Bree. Sapevo che quella donna avrebbe portato

solo guai, ma in questo caso, se le parole di Victoria fossero state

vere, sarebbe voluto dire la fine di tutto. Provai a chiamare Tom più

e più volte, ma c'era la segreteria. Gli avevo lasciato cento messaggi

nel giro di una manciata di minuti, chiedendogli di richiamarmi.

Avevo bisogno di parlargli, mille risposte, che la mia mente, la mia

anima, non riuscivano a trovare. Poi pensai l'impossibile, ma era giusto farlo. "Pronto Bree, credo tu debba dirmi delle cose..."

"Pronto! Ciao, Marco! Come mai questa chiamata?" "Conosci il

motivo di questa telefonata..." "Vedo che Victoria ti ha chiamato."

"Smettila! È vero? "Certo, sono appena uscita dal ginecologo.

Pensavi che Tom fosse perfetto? Invece..." "Invece cosa? Cosa ti sei

inventata questa volta, eh? Vuoi farmi credere che lui... sia stato a

letto con te?" "Certo! Se non mi credi, chiediglielo. Cosa pensavi...

che quando tu eri a Bath, lui pensasse solo a correre?" "Smettila, non

ti credo. Meschina! Sei una calcolatrice." Avrei voluto insultarla

pesantemente, ma mi ero trattenni. Non meritava nemmeno la mia

rabbia. "Ah, sì! Certo sarà, ma in grembo porto suo figlio che ti

piaccia o meno e questo lo devi accettare." Le avevo buttato giù il

telefono. Cosa stava capitando? Cos'era successo? Non poteva essere

vero, insomma lui sta con me. Sta con un uomo e lei è una ragazza.

Un tradimento non l'avrei accettato, ma capito. Insomma, se uno fosse stato più bello di me, un motivo ci sarebbe stato, ma così... era

troppo. Era un gioco sporco. La bilancia portava due pesi troppo

diversi per essere misurati, come avrei potuto farlo? Quale criterio,

quale giudizio? Non lo sapevo, come non sapevo nemmeno, come

tutto fosse potuto accadere. Era surreale, era assurdo. Era totalmente

sbagliato e ingiusto. Se come lei sosteneva, se la verità fosse stata

quella, come rimediare? Una soluzione non c'era. Non si trattava di

una sveltina, quella donna portava in grembo un figlio, dalla persona

che amavo. Dall'uomo che giorno dopo giorno aveva conquistato la

mia stima, le mie debolezze, la mia vita. Nonostante tutto, non

volevo crederle. Andai a casa, avevo bisogno di starmene da solo,

senza gente senza autobus, senza strade; ma non ero sicuro se quel

posto mi avrebbe dato il conforto di cui avevo bisogno. Senza

salutare il portiere, filai di sopra. Guardavo quella casa ed ogni

oggetto portava con sé, un pezzo indelebile di noi, pezzo di qualcosa che forse non sarebbe più esistito. D'altronde, come avrebbe potuto?

Accettare quella situazione avrebbe voluto dire avere Bree nella

nostra vita, se mai ce ne sarebbe stata una. Giravo per casa come

stordito di stanza in stanza, senza meta. Non dovevo cercare nulla.

Ma non riuscivo a bloccarmi. Nella cabina-armadio, i suoi vesti,

ordinatamente appesi, profumavano ancora di lui. Il suo profumo

rendeva tutto più incredibile. Mi accovacciai, piangendo. Passai due

giorni nei quali notte o giorno, avevano lo stesso sapore, la stessa

luce. Non mi andava di parlare, non mi andava di uscire, e tanto

meno di mangiare. Il telefono era spento, più volte quello di casa

aveva trillato, ma sapevo chi era. E chi chiamava non meritava

risposta. Andavo indietro con la mente. Cercavo di riavvolgere quel

nastro, fermandolo in un momento che avrebbe reso più chiaro quel

presente, ma non riuscivo a trovarlo. Poi ricordai di quel fine

settimana, di quella sensazione di lontananza che la sua voce mi aveva lasciato la domenica sera e tutto, in un modo quasi masochista,

andò al proprio posto, facendomi un chiaro disegno della situazione,

i tempi erano giusti; ma mi mancavano dei particolari, come il dove

e il come. Sapevo che scoprirli e mi avrebbero portato altre spine che

si sarebbero infilate sotto la mia pelle per chi sa quanto tempo. Due

giorni dopo, il mio bisogno di silenzio, di vuoto, fu interrotto dal

rumore delle sue chiavi, lo stesso che nei precedenti mi aveva

regalato esitazione, mentre ora mi soffocava. Entrò sorridendo,

correndo ad abbracciarmi, ma un gesto della mia mano lo allontanò.

Le fece indietreggiare, quel tanto che bastava per vedere i suoi occhi.

Avevo bisogno di leggere la verità. "Siediti, dobbiamo parlale!"

"Cosa succede? Perché non mi hai risposto al telefono? Ero

preoccupato, ho provato a sentire mia madre più volte, per sapere di

te ma niente." "Hai anche il coraggio di dire cosa succede? Tua

madre non ti ha detto nulla?" "Cosa doveva dirmi?" "Beh! Da dove vuoi che cominci?" "Fermo, fermo... non capisco!" "Tom, smettila!

Quello che hai fatto è irreparabile, lo sai? Ne sei cosciente? Sei

cosciente di cosa hai fatto?" "Ho sbagliato, dovevo dirtelo prima, ma

ti giuro che è successo solo quella volta. Ero sbronzo e lei... Sì, lei

mia usato... diciamo." "Sei patetico, lo sai? Questa volta mi tocca

difenderla quella stronza, quelle cose si fanno in due, non da soli.

Non è un solitario sul computer, imbecille!" "Scusami, perdonami!

Non so cosa mi sia preso quella sera... insomma, ero tornato dalla

solita corsa, mi aveva chiamato dicendomi che avrebbe portato la

cena, ma poi abbiamo cominciato a bere, tanto, fino ad ubriacarci... e

poi abbiamo fumato un po, ma poco. È dai tempi dell'università che

non lo facevo. Mi ha dato in testa e lei ha cominciato a toccarmi. Ha

cominciato a spogliarmi e poi... non serva che ti aggiunga particolari,

credo." "Non sono tuo padre, non devi darmi spiegazioni. Pensavo di

essere il tuo compagno, pensavo che sapessi il peso delle

conseguenze, ma evidentemente i tuoi istinti animali..." Mi aveva

afferrato le mani, ma il suo tocco mi respingeva. Si era

inginocchiato: "Perdonami, per favore!" "Come potrei farlo, visto

che è incinta?" "Cosa dici? Non è possibile. È successo solo una

volta." I suoi occhi erano pieni di sconforto, perché aveva capito il

nocciolo della questione, aveva iniziato a piangere. Le sue lacrime

sembravano autentiche; ma la mia rabbia non riusciva a perdonarlo.

"Invece sì, non so se la cosa sia stata calcolata, voluta o cosa. So

solamente che quella puttana, ti ha sistemato per bene. Ora ti ha

solamente suo. Sarai padre di suo figlio e da come ne parlava l'altro

giorno, sembrava avesse tutta l'intenzione di tenerlo, e anche stretto.

Il vostro errore è andato oltre, spero che riuscirete a trovare un giusto

modo per crescerlo al meglio. Io posso cambiare vita... anche tu,

ma... quel bambino purtroppo si ritrova voi come genitori e non l'ha

scelto." Non riuscivo a piangere, ero freddo come mai prima. Lui era attonito, si stava misurando con la propria coscienza, rendendosi

conto attimo dopo attimo dell'accaduto e delle conseguenze. Vederlo

sconfitto faceva male, pensavo che forse avrebbe avuto bisogno di

me, in quel momento in cui il mondo gli era crollato addosso, ma

non ne avevo la forza, dovevo ancora attutire i miei di colpi. Come

avrei potuto sostenere i suoi? I miei occhi osservano lacrimosi. Sul

divano, sembrava un eroe dell'antichità, ma a differenza loro, aveva

capito di essere stato sconfitto dai propri errori, dai propri vizi. La

perfezione e la gentilezza erano sparite, non riuscivo più a vederle.

Sì, certo glie era rimasta la sua indiscutibile bellezza, ma quel giorno

non lo rendeva più eroe; lo rendevano un bruto, caduto su stesso.

Tutta la sua fragilità veniva, fuori lacrima dopo lacrima, singhiozzo

dopo singhiozzo. Cercava ripetutamente di afferrarmi la mano, se

non che la mia pelle lo rigettava, cosi come la mia anima. Mi ero

ripromesso di non piangere, per me e per lui; altrimenti, avrei avuto bisogno delle sue braccia e forse riabbracciandolo, la forza di lasciarlo sarebbe scomparsa nel nulla. Ero immobile, a guardarlo, facendomi forza con la rabbia, pregavo e speravo che mi bastasse. Sapevo che era finita. La mia anima stava prendendo coscienza che non ci sarebbe stato più un noi, mai più un lui nella mia vita. Avevo preparato le valige, la sua era rimasta dov'era, davanti la porta. Il mio aereo sarebbe partito nel giro di tre ore. Ora, dovevo solamente trovare il coraggio di dirglielo. "Tom...", mi faceva strano chiamarlo per nome, in tutto quel tempo non l'avevo mai chiamato così. Quel suono, quel nome, mettevano altro gelo in quella situazione. "Fra tre ore ho l'aereo, manderò a far prendere le mie cose da qualcuno." "Dove vai?" "A casa!" "Perché questa cos'è?" "Me ne torno in Toscana. Ho bisogno di pace e silenzio. Scusami!" "Ma così non ti vedrò, non avrò la possibilità di... di... diavolo!", ma le lacrime si erano fatte più forti, tanto da non farlo parlare. "Forse è meglio che io vada, sarà meglio per tutt'e due. Rimanere qui sarebbe una tortura per te, quanto per me." Annuì con la testa, non so se erano le lacrime o il non voler accettare la realtà, ma non disse nemmeno "ciao". Si alzò dal divano, e fece per abbracciarmi, ma lo allontanai. Alzò la mano, mentre mi avvicinavo alla porta con la valigia, salutandomi. Sul tavolo della cucina, le mie chiavi. Un tonfo e finalmente la porta si era chiusa. Riuscivo ancora a sentire le sue lacrime, ma non potevo tornare indietro e per la prima volta, usai le scale per scendere. A metà rampa, sentii la porta aprirsi. Mi venne incontro, per baciarmi, ma quel bacio portava con sé un sapore diverso, un sapore amaro. Continuava a dirmi che mi amava, ma non potevo continuare ad ascoltarlo. Dovevo andare. Sarebbe stato troppo rimanere con lui e lei. Heatrow, questa volta non mi avrebbe portato in Africa, mi avrebbe riportato a casa. Mi avrebbe riportato in un posto, dove avrei avuto la possibilità di far pace con me stesso, ricominciando tutto nuovamente.

# Capitolo 16

Mia zia aveva l'innato dono del silenzio, sapeva quando parlare e quando tacere. Mi aveva lasciato alla veranda e quell'aria tiepida che preannunciava la primavera. Me ne stavo seduto per ore, fissando le torri che si profilavano nella lontananza. Avevo rimosso la SIM inglese dal telefono, al suo posto c'era quella italiana, non volevo ricevere chiamate, da nessuno. Tanto meno avrei voluto sentire lui. Passavo le ore a riflettere se mai ci fosse stato un mio errore. Da sempre sostenevo che l'errore sta nel mezzo, ma in quel caso, non riuscivo proprio a trovarne nessuno. Forse uno! Amare troppo, potrebbe definirsi un errore? Avevo fatto bene a lasciarlo, con tutti i problemi che da lì a poco avrebbe dovuto affrontare? Non lo sapevo. Non lo potevo sapere. Come non sapevo come stava. Lo avrei potuto immaginare, ma in quei giorni la mia fantasia era fuggita via, scomparendo. Elettra aveva preso l'abitudine di chiamarmi anche quattro volte al giorno. Averla vicina mi aiutava. Lei, come me, era incredula ascoltando le mie parole sulla "nostra" fine. Non riusciva a capire come un sentimento profondo, fosse terminato con un errore irreparabile. L'errore non era il bambino, l'errore era lei soltanto. C'erano dei giorni, nei quali avrei voluto abbracciare di più Elettra, e sentirla di meno. Da quando ero tornato, non avevo nemmeno acceso il computer, era rimasto spento, così come lo ero io. Non volevo saperne di lavorare. Lavorare avrebbe voluto dire tornare in quella città, con il rischio d'incontrarlo. Milioni

di persone spariscono, quando associ qualcuno ad un posto, facendo

diventare una metropoli non più grande di giaciglio, poi ero certo di

una fatto: fra una mail di lavoro e un altra, nel mezzo, ne avrei

trovate anche delle sue; ma non me la sentivo. Era troppo presto. Le

colline di fronte a me, si stagliavano sempre più verdeggianti. Mi

sarebbe piaciuto rinascere insieme a quell'erba che nello scorrere

della stagione prendeva sempre più colore; dimenticai    tutto,

sentendomi nuovamente libero, respirando, senza quel peso sul petto

che mi relegava al suolo, come le radici di una pianta centenaria,

conficcate nella terra. Il Sole portava lunghi pomeriggi e tramonti.

Portava nuovi colori, che facevano dimenticare, il grigiore ed il

freddo. Avrei dovuto dare un senso alla mia vita, visto che l'avevo

perso; ma ancora non ci riuscivo. Giorno dopo giorno, mi tornavano

delle sensazioni che credevo sopite, come sorridere o provare un brivido, sentendo una canzone. Un risveglio! Risentirle, le rendeva

nuove, quasi sconosciute. Riempivo quelle sterili giornate,

occupandomi del giardino e sistemando posti che da anni erano stati

abbandonati. Un pomeriggio, mentre sistemavo la rimessa, dietro

delle casse di legno, scovai una vecchia bicicletta, appartenuta a mio

nonno. Miracolosamente, ancora funzionante. Avrei dovuto gonfiare

le ruote, ma a parte questo era intatta. Quel mezzo mi aveva regalato

l'abitudine di pedalare per ore, partendo dal casale, per perdermi in

quel dolci saliscendi, formato dalle colline e dalla campagna! Ogni

pedalata, mi liberava. Pedalavo per ore senza meta, senza fermarmi,

ma non importava, l'importante era andare avanti. Serviva a

sfogarmi, a stancarmi quel tanto che sarebbe servito a prendere

sonno, senza esitare, senza più penare. Un pomeriggio come altri, fra

un sentiero e un campo di girasoli, un piacevole incontrò cambiò le

cose. Qualcuno di famigliare era ricoverato a leggere, sotto un albero. Era Ben! Ma come mai laggiù da sola? Che fine aveva fatto il

suo James? Sarà stato il bisogno di una persona amica o molto più

semplicemente era passata la rabbia, ma ero pronto a perdonarla. Mi

era mancata soprattutto in quei giorni silenti. Senza ombra di dubbio,

sarebbe stata, forse, l'unica persona con la quale sfogarmi. Non che

mia zia e mia sorella, non fossero state in grado di starmi vicino, ma

la sua ironia, il suo cinismo e quel nostro conoscerci, avrebbe reso

tutto diverso, aiutandomi. Lasciai cadere la bicicletta e mi avvicinai,

con passi lenti, non volevo disturbarla, ma con occhiata capì subito il

mio arrivo. Mi corse in contro stringendomi a sé. Erano passati mesi

dall'ultima volta, troppi. Cercavo di abbracciarla, più forte che

potevo. In quella morsa, c'era il bisogno della sua amicizia, le sue

scuse e il nostro comprenderci. Senza fiatare! Era radiante, rinata.

Non capivo se fosse il Sole della Toscana o cos'altro, ma sembrava

tutt'altra persona. Mi spiegò quel suo cambiamento. La mia reazione l'aveva svegliata, le aveva fatto capire che non era più lei in quella vita. In fondo ne stava vivendo una diversa: quella di James. L'aveva mollato lasciandolo alla sua droga, qualche giorno dopo il nostro ultimo incontro, perciò decidendo di partire, anche lei, per tornare in quella terra fantastica, a mettere ordine nella sua vita, come stavo facendo io stesso. Sapere della nostra rottura, l'aveva intristita. In fondo, Tom era diventato anche un pò amico suo. Non voleva crederci, non riusciva. Di primo acchito aveva pensato che mi trovassi nei paraggi per le vacanze; ma dopo il mio racconto, rimase attonita, a fissare un punto che solo lei conosceva. Incredula! I suoi capelli erano ricresciuti, addolcendole nuovamente il viso. Era tornata la mia amica. Quella notte che l'aveva tenuta stretta a sé, era finita. Ora, il giorno la liberava, regalandole la sua vera sé stessa. Ritrovando lei, riscoprii qualcosa di me. Ricominciai a ridere di gusto, grazie alle sue battute. Ogni risata, ogni attimo passato, mi faceva sentire più leggero. Passavamo le sere attorno al grande tavolo in veranda. Parlando, giocando a carte, sembrava di rivivere quelle spensierate notti in Grecia. Quando la zia era di buon umore ci regalava qualche meravigliosa cena, condita con una sua storia o una sua avventura giovanile. Aveva vissuto il '68 in prima linea, le occupazioni, le rivolte nudiste, partecipando a quella forte riforma generazionale. E sentiva ancora vivo quel sentimento di diversità e di lotta. Sicuramente cose da raccontare, più di noi, ed era una che le storie le ha sempre sapute raccontare; ed eccola anni dopo, con qualche ruga in più a riparlane con lo stesso entusiasmo di allora. Altre sere andavamo a Siena a bere qualcosa, o semplicemente a passeggiare in Piazza del Campo. Ne erano passati di anni e dall'ultima volta che ci fui stato. Di cose ne erano cambiate fin troppe, come le persone e le compagnie. Non trovai nemmeno l'ombra dei ricordi che abitavano la mia parte senese, per non parlare dei locali storici, nei quali le notte erano state lunghissime e che ormai erano diventati un rifugio per ultrasessantenni. Ne erano cambiate di cose! Forse era meglio così! Il cambiamento porta movimento, l'importante è che sia quello giusto. In una sera di quelle, incontrammo un nostro caro amico, lo svitato Lorenzo, detto Lore; sempre con la battuta pronta, un personaggio unico che al liceo ci aveva fatto ridere a crepapelle. Era cresciuto, ma il suo spirito era lo stesso. Lo studio non era mai stato il suo forte, tant'è che dopo la maturità, se andò a lavorare, facendo quello che gli capitava, dal imbianchino all'operaio, senza mai perdersi d'animo. Quella sua qualità era la migliore. Riusciva a vedere il meglio anche dove c'era; e la cosa straordinaria era che ti portava a vederlo, senza nemmeno rendertene conto. Dopo anni passati come dipendete di un enoteca, aveva trovato un'ottima occasione, prendendo proprietà di un locale, un osteria in una viuzza del centro. Vederlo, cambiò radicalmente tutto, sembrava di essere tornati indietro di almeno quindici anni. Il tempo che avevamo trascorso distanti, sembrava che non avesse scalfito minimamente quei legami, anzi li aveva rafforzati e maturati.

Da un anno stava con Claudia. Erano perfetti insieme. Vedendoli, capivo il detto "Dio li fa, e poi li accoppia". Esplosivi! Riuscivano a discutere su tutto, anche su loro stessi, sempre con leggerezza, senza farsi del male. Era il loro modo di amarsi. Senza quelle leggere litigate, sarebbero morti o forse, non sarebbero esistiti. Sì! Esatto, perché si erano conosciuti litigando. Una sera, in un supermercato, entrambi cercavano la stessa bottiglia di vino, peccato che ne era rimasta una bottiglia, cominciando a discutere talmente forte che la sicurezza li trascinò fuori, dove scoppiarono a ridere e da qual piacevole incidente non si erano più lasciati; ma la bomba fu sganciata a metà maggio. Una sera nella quale tutti eravamo brilli, avevamo fatto la chiusura in osteria, trangugiando del vino e ascoltando vecchi cd, i momenti migliori di un locale sono quelli con le porte chiuse, dove tutto cambia, diventando il salotto di casa propria. Mentre andavamo verso la macchina, Lorenzo colse tutti di sorpresa. Si inginocchiò per strada, cantando una vecchia canzone, chiedendo così in sposa la sua Claudia. Tutti noi pensavamo fosse il vino, ma quando tirò fuori l'anello, le cose cambiarono. E le risate scomparvero, lasciandoci nel interdetti, lasciandoci pensare. Discussero, come al loro solito. Lei, dopo avergli urlato un sì, a pieni polmoni, cominciò a inveirgli contro, dicendogli che anche in quell'occasione non era riuscito ad esser serio. Odiavano la formalità, se fosse stato per loro si sarebbero sposati anche l'indomani firmando in Comune. Eravamo in macchina e stavamo tornando a casa. Il cantare, smorza la Solennità di quella richiesta, e fra una canzone e l'altra decisero che si sarebbero sposati nell'agosto venturo. Naturalmente, io e Ben eravamo stati chiamati all'appello, per fare i testimoni. Che fregatura! E noi che pensavamo di mangiare e basta!

In un caldo pomeriggio di maggio, mentre ero intento a preparare del

tè freddo, mi telefonò Claudia, disperata. Chiedendomi se l'avrei

aiutata ad organizzare la cerimonia. Non volevano una celebrazione

in chiesa. Avrebbero affittato un casale per l'occasione, e fatto venire

il Sindaco; una volta finite le formalità, avrebbero festeggiato per

tutta la notte. Mentre parlava di fiori e bouquet, mi era venuto in

mente che volendo, ci sarebbe stato a disposizione il casale della zia.

Non avrebbe fatto storie, se per un sabato sera le sarebbero

gironzolate in giardino un centinaio di persone. Conoscendola, ne

sarebbe stata entusiasta. Quella casa s'era un pò spenta negli ultimi

anni, un poco di vita avrebbe fatto del bene. Erano passati quasi

quattro mesi dal fattaccio balordo. Mi ero imposto di non cercarlo e

di non sentirlo, in nessun modo. Ogni giorno ricevevo delle sue mail;

ma non avevo forza di rispondere e tanto meno di cestinarle: erano in stasi, non diversamente dai miei pensieri. Avevo la piena coscienza

che rispondergli, l'avrebbe rallegrato, ma allo stesso tempo gli

avrebbe dato false speranze. Lo conoscevo. Sapevo come funzionava

la sua mente. Sarebbe stato meglio tagliare netto che girarci attorno.

Non avrebbe avuto senso tirare per le lunghe una situazione già

finita. Pesavo a lui, alla sua vita, a quella che era stata la nostra

dimora. Pensavo a Bree. Pensavo al bambino. Continuavo a

chiedermi, se la gravidanza l'avrebbe ingentilita, ma erano pensieri

che duravano poco più di un istante che si facevano sentire troppo

spesso, anche dopo tutto quel tempo. Ormai, la mia vita era

cambiata. Era come se avessi fatto un salto nel passato. Tutto

diverso, era una vita che conoscevo. Non ci sarebbero stati più

castelli né principi e tanto meno streghe cattive ad attendermi

all'angolo. Nulla mi avrebbe più stupito, o avrebbe potuto farmi

male, forse mi stavo comportando da codardo, evitandolo in quel modo; ma ne avevo bisogno, altrimenti sarei tornato indietro e molto sicuramente l'avrei perdonato. Dovevo sistemare qualcosa dentro. Anche se... più i giorni passavano, più mi rendevo conto di una cosa: quello che avrei voluto sistemare, forse non andava riparato, ma andava dimenticato. E questa certezza, forse l'unica, mi portava ad essere forte, giorno dopo giorno. Avevo un assoluto bisogno di certezze, in quel momento più che mai. Le mie convinzioni, il mio essere non mi bastavano.

# Capitolo 17

Era arrivato giugno a restituire la voglia di tornare al lavoro.

Andando in banca, mi ero accorto che tutto il profitto di Londra era

rimasto praticamente intatto. Avevo guadagno tanto, ma avevo speso

relativamente poco; ma non mi spingeva il profitto, mi mancava

creare, mi mancavano le persone con le loro storie, e loro richieste.

Purtroppo, in Italia la recessione si faceva sentire, e quei pochi che

sarebbero potuti diventare potenziali clienti, tenevano i soldi stretti

stretti. Una strana inversione aveva pervaso gli italiani: gli operai

con niente in mano che a stento, mantenevano famiglie; mentre chi

poteva spendere, si penava colle sue lamentele. Facendo borbottare il

motore in quel malinconico paese, mi ritrovavo con un turbinio

d'idee, ma nessun cliente. Mi dispiaceva. Avevo la consapevolezza

della mia maturità professionale, frutto dei mesi in cui avevo

lavorato con gli inglesi, e con estro artistico. Mi sarebbe piaciuto

mettere a frutto quel mutamento, ma al momento mi toccava soltanto

ideare e scarabocchiare qualche foglio, inserendolo in cartelle che

mano a mano invadevano il salotto. Appena possibile Claudia

passava a trovarmi. Avevo imparato a conoscerla, eravamo diventati

amici. Quel favore era diventato un piacere. Ci eravamo accordati

per chiamare una ditta di *catering*, per scegliere il tessuto le tovaglie,

i segnaposti ed il menù; mentre a Lorenzo spettava la lista delle

bevande, non perché non avesse dedizione nell'organizzare il proprio matrimonio, ma la sua pazienza era ben ridotta che i suoi nervi scattavano anche solo nella scelta delle posate. Lasciandoci fare, pensando che anche senza la sua opinione e soprattutto la sua presenza, sarebbe stato perfetto lo stesso. Mancava solo qualche settimana, tutto era pronto. Io e Ben, dovevamo ancora prendere gli indumenti cerimoniali. Avevamo deciso di fare compere a Firenze, anche se ci intimorivano le orde di turisti; ma tutto sommato andò meglio del previsto, trovammo subito, senza grandi giri, senza lunghe code, e sopra a tutto passeggiammo tranquilli, senza essere in mezzo a giapponesi pazzi, presi a fotografare ogni singolo sasso. La ricerca fu breve, una nota sartoria subito dopo Ponte Vecchio aveva ciò che stavamo cercando, fu il giusto equilibrio fra prezzo e qualità. Avendo trovato tutto e subito, sarebbe stato un peccato andarsene e dopo pranzo passammo l'intero pomeriggio nei paraggi del giardino dei Boboli. Un posto così romantico da intimidire l'amore stesso. Fra quegli alberi secolari e i viali, una strana irrequietudine si fece

avanti; avrei voluto portalo in quel luogo, ci avevo pensato tante

volte, gli sarebbe piaciuto, ma gli eventi avevano deciso un'altra

compagnia. Mia zia era entusiasta all'idea di aprire casa sua ad un

giorno speciale, anche se da sempre sosteneva una totale avversione

per il matrimonio, ciononostante l'idea che qualcuno lo facesse a

casa nostra l'elettrizzava al punto da farsi amica Claudia,

accompagnandola per le compere, a darle consigli e ad essere

addirittura presente alla scelta dell'abito. È noto che i giorni estivi

volano, tutti l'aspettano con ansia, ma anche se dura quattro mesi

sembra sempre che sia la più breve. Da luglio al diciassette agosto, i

giorni sembrarono correre a una velocità mai vista prima. Quel

giorno, un fermento investì il casale, fin dalle prime luci del giorno.

Il giardino era stato addobbato la sera precedente: fiori e decori

impacchettavano quella casa, come un cioccolatino. Gli invitati arrivarono gradatamente, nessuno in ritardo. Lorenzo e Claudia amavano l'anticonformismo, tanto che procedettero insieme, tenendosi per mano verso il Sindaco, lasciando così seduto Guido, padre della sposa. Quel "sì" colpì anche me e Ben. Il più sgangherato dei tre si era accasato, felicemente! Non provavo invidia, anzi ero totalmente felice per lui, ma l'idea che uno dei tre si fosse sistemato, mi faceva sentire un pò vecchio, e incompleto. Non so la ragione, ma mi regalava una strana sensazione. Il suo matrimonio era un passaggio con cui saremmo cresciuti tutti quanti. Di certo, qualche notte balorda non sarebbe mancata, ma sarebbe stata diversa, più matura, meno spensierata. Gli invitati erano pochini, appena una cinquantina e fra questi, c'era qualcuno che non mi lasciava stare nemmeno un attimo. Era Alex, un uomo affascinante che non perse tempo a farmi l'avance. Era molto bello. Parlammo quasi ininterrottamente e la sua bellezza non si fermava solo al corpo, ma si estendeva anche alla sua mente. Tuttavia, non era sufficiente. Solo

l'idea di vedere qualcuno, sfiorarlo e la remota idea di andarci a letto,

mi faceva rabbrividire. Non si trattava di paura. Era alienazione.

Aveva dato tanto, forse tutto a qualcuno che non c'era più, e non mi

sentivo pronto, non volevo, e in un certo senso mi sentivo ancora

strettamente in obbligo con Tom. È assurdo! Lo so! Ma non lo

volevo tradire. O semplicemente non avrei voluto che nessuno

entrasse nella mia vita, nessuno a parte i miei amici. La musica andò

avanti fino a tarda notte, pian piano la casa cominciava a svuotarsi.

Gli sposi erano partiti, come vuole la tradizione, facendo rincasare la

pace. Eravamo rimasti quattro gatti, la zia, Ben e Alex. Nonostante la

mia trasparenza nel fargli capire che fra noi, si sarebbero potute

consumare solo parole, lui era rimasto imperterrito e senza vacillare.

Mettendomi a letto quella notte, mi passarono in testa una miriade di

ricordi, i nostri ricordi. La rabbia era sgombrata come fanno le nuvole al vento, cominciava a sentirsi l'assenza e qualcosa di simile al rimorso. Forse ero stato troppo impulsivo, troppo orgoglioso. Mi mancava il suo sguardo, il modo in cui mi guardava, la sua pelle; ma la cosa che nessuna persona sarebbe riuscito a darmi, erano i nostri discorsi. Quel nostro cambiare idea, partire da un estremo arrivando all'esatto opposto, senza preoccuparsene, quel nostro sognare e fantasticare, ridendo come dei bambini. Con lui non mi ero sentito solo. Forse, durante il giorno avevo esagerato con i brindisi, non so dirlo; ma in quel letto, con la finestra spalancata su quell'enorme Luna, mi era arrivata una nostalgia diversa che non aveva niente a che fare con i miei lunghi silenzi. Prima di allora non mi era mai capitato che mi mancasse, ma quella notte, forse il pensiero che l'anno prima eravamo in mezzo al deserto, mi rattristiva, facendomi sentire vuoto e stanco.

# Capitolo 18

Dopo il matrimonio, l'idea chiamarlo per un "come stai",

faceva capolino nella mia testa, più spesso di quanto volessi. Era

passato tanto tempo per farlo. Avevo sofferto abbastanza e se mai mi

avesse risposto, mi sarebbe piaciuto risentire la sua voce. Magari lui,

a differenza di me, si era ripreso meglio, aveva già trovato qualcuno,

dimenticandosi tutto. Però, chiamarlo sarebbe stato complicato. Non

avevo il coraggio. Non so, avevo paura di sentire qualcosa che non mi sarebbe piaciuto, pertanto era meglio sentire la madre che non

aveva mai perso occasione di scrivermi. Riusciva a starne fuori, ci

scrivevamo senza mai parlare di Tom. Mi voleva bene e la

confidenza mi faceva allietava, facendomi capire che ero stato più

del semplice fidanzato del figlio. Mi rispettava in quanto Marco,

ovvero come persona. Il fatto che non avesse raccontato al figlio di

Bree, non mi era pesato. Forse lì per lì si, ma col tempo l'avevo

capita. Era giusto che il figlio si prendesse tutti i colpi senza

paracadute. E aveva aggiunto un enorme quantità di stima, a una

persona che aveva la mia totale benevolenza. La telefonata fu breve,

mi disse che sarebbe venuta in Italia col marito, a trascorrere le

vacanze per fine mese. Sarebbero andati alle Egadi, ma prima

sarebbero passati per la Toscana a incontrarmi. Come avrei potuto

dirle di no? Per la prima volta dopo mesi, le chiesi di Tom,

desideravo sapere come stava, cosa stesse facendo. La sua voce squillante, diventò nostalgica e fortemente preoccupata. "Non lo so!

È diventato scontroso, a mala pena mi risponde al telefono. Sono

stata a Londra la scorsa settimana, a trovarlo. Casa, era sottosopra.

Birra e cartoni di pizza sparsi ovunque! L'ho visto per la prima volta

in vita mia con la barba. Non voleva nemmeno che lo andassi a

trovare. Seriamente! Sono preoccupata. È depresso principalmente

per la tua mancanza. Davvero! Bree e il bambino contano poco. Dice

che farà il padre, ma non vorrà mai saperne di quella lì. Speravo che

col tempo andasse meglio, ma no. Da febbraio è in aspettativa. Non

sta nemmeno andando al lavoro." "Cosa? Non mi dirai che se ne sta

tutto il giorno in casa?" Mi faceva male saperlo in quello stato

pietoso. Mi sentivo in colpa, sì; ma la causa di tutto era stato lui. Non

averlo nella mia vita, aveva lasciato un vuoto incolmabile, ma il

rischio di averlo e soffrire era più tenace. "Credo di sì, almeno così

dice il portiere. Passano settimane prima che scenda di casa, e se lo fa torna subito." "Mi spiace! Lo vorrei chiamare, ma non so se faccio bene." "Lo so, lo so! So che spiace, so che la tua assenza è dovuta a un non illuderlo. Se vuoi, prova! Senz'altro gli farebbe piacere."

"Grazie, non vedo l'ora di rivedervi! Saluta Leopold!" "Consideralo fatto... Andromeda vieni qua, giù dalle aiuole, su! Scusami, ma questi cani mi fanno impazzire. Ci sentiamo presto, un bacio." Non mi capacitavo. Dov'era finita la forza di quell'uomo? Dov'era lo sfrenato sentimento per la vita? Soffrivamo entrambi, seppure in modo in diverso. Lui aspettava il mio ritorno. Ed io cosa aspettavo? Non lo sapevo. Ero solo cosciente che quella nuova vita era un ottima maschera, per non pensarlo più. A volte, nel tardo pomeriggio, qualcuno passava a trovarci, anche senza il mio volere. Alex nonostante il mio schietto diniego, continuava imperterrito a chiedermi di uscire con lui. Non volevo! Non mi sentivo pronto, anche se, come mi diceva sempre Ben, avrebbe fatto un gran bene.

Non sapevo cosa fare. Non sapevo come identificare quella

nostalgia, non sapevo se fosse veramente nostalgia o un netto

bisogno. Qualche anno prima, con un tipo come lui sarei uscito senza

grossi problemi, conoscendomi ci sarei pure andato a letto. Ma

perché ora no? Possibile che dopo tutti quei mesi avevo fatto un

passo in avanti e dieci indietro? La mia solitudine, aveva creato uno

scudo che non mi permetteva di cercare e tanto meno di pensare a

qualcuno. L'idea, mi intimoriva, facendomi sentire un quindicenne

alle prime armi. Non so, se quando finisce un storia, faccia a tutti

quest'effetto. So che non riuscivo ad andare oltre. Una sera avevo

deciso di sfidare me stesso, cercando di abbattere tutte quelle

domande, accettando una cena. Non mi andava di perdere tempo nel

sistemarmi: una maglietta, un paio di pantaloncini e via. Mi guidò in

un posto sperduto, ma veramente carino, immerso in uno splendido

giardino, illuminato da centinaia di candele. Una chicca! Oltre ad essere un gran posto, si mangiava divinamente e parlavamo come se

ci conoscessimo da tempo, ma non c'era nell'aria quella sintonia del

primo appuntamento. C'era quella sensazione, almeno da parte mia,

di avere davanti un amico. Cercai di parlare di tutto tranne che di

"lui", Alex dal canto suo mi parlava della sua vita. Gestiva una

azienda tessile a Prato, e durante l' estate trascorreva un paio di mesi

dalle mie parti. Era gentile e si era dimostrato anche molto

determinato. Era la prima volta, dopo molto tempo che uscivo con

qualcuno, ma nonostante la bellezza ed il suo fascino, la mia testa

non era presente, era oltre la Manica. Pensavo a lui a come stava.

Con tutte le mie forze avevo provato a superare quell'avversione nei

suoi confronti; ma non ci ero riuscito. Finita la cena, stavamo

tornando a San Gimignano. Per strada, immobilizzò l'auto con una

scusa. Cercava di avvicinarsi, io volevo vincere quella sfida,

lasciandolo fare fin quando provò a baciarmi. La sua bocca, sfiorò la mia, ma nessun brivido. Nessuna sensazione scosse il mio corpo. Se fin a quel momento, avevo avuto solo dei dubbi, quella mia reazione fu una conferma. Ne ero ancora innamorato. Una domanda assaliva la mia mente: e adesso che si fa, cosa si fa di questa nuova vita? Mi trovavo a un bivio. Volevo scendere da quella macchina, salire nella mia e tornare a casa. Avevo bisogno di staccarmi, e non vederlo. Mi scusai, dicendogli la verità. Nulla di più! Il problema non era stato lui, ma io. Non capiva, mi guardava quasi scombussolato. In fondo, era stato impeccabile. Su questo, non avrei potuto dirgli nulla. Ma perché fingere ancora? A cosa sarebbe servito buttarmi tra le sue braccia, baciarlo e magari andarci a letto, pensando ancora a Tom? A chi di noi due avrei fatto il torto, a lui che mi aspettava od a me stesso che pensavo a un altro? Non volevo dare spiegazioni. Il mio messaggio era stato chiaro. Uscire con Alex era stato un errore, grazie al quale avevo capito una cosa ben più importate. Quella sera la mente esplodeva, avevo l'innata necessità di parlare con qualcuno.

Chiamai Ben, spiegandole come stavo, descrivendole la faccia di Alex davanti al mio "devo andare". Ne rimase incredula. Non capiva, ero stato male, ma non avevo mai lasciato trafilare l'idea di un eventuale ritorno o un sintomo di nostalgia. Avevo sapientemente tenuto tutto dentro, senza sapere come; ma sua riposta fu molto chiara: <<Chiamalo! Se sta così male, se tu stai cosi, se uno senza l'altro non funziona, perché non fare un altra prova? Al massimo, se anche questa volta non va, sapete che ci avete provato. Nessuno dei due può dire "ho qualche rimorso.">> Ma come fare? Non era semplice, solo l'idea di Bree, di quello che aveva fatto, mi faceva rabbrividire. La rabbia aveva spento la luce che ci rendeva unici. Tra non molto tempo sarebbe arrivato un bambino. Tornare voleva anche dire, occuparsi di lui e non sarei più stato un compagno, ma forse anche padre. Era quello che volevo? Non ero intenzionato a proiettare tutto su un ritorno immaginario, quando la realtà che mi

sarebbe presentata, sarebbe stata ben diversa, più cruda, meno reale

dei miei ricordi. La ringraziai, ma ero troppo stanco. Quella sera

sentivo la testa esplodere, era stata provante. Avevo bisogno di una

doccia e del mio letto.

# Capitolo 19

Vendendoli arrivare, sentivo un tuffo al cuore, ma erano solo

ricordi. Dopo l'incontro con Alex, le mie idee erano confuse, ma col

passare dei giorni avevo fatto chiarezza, l'orgoglio era arrivato a

mettere legge, in una situazione che stava andando oltre. Ormai non

ci pensavo più, un po per paura, un po per dignità. Era mezzogiorno,

e l'enorme piazza di Siena, accoglieva il piacevole incontro. Mi

vennero in contro, abbracciandomi come sempre. Li avevo visti solo otto mesi prima, per le feste natalizie, ma era tutto cambiato. La mia

vita aveva preso un percorso, la sua un'altra. Era strano rivederli,

insomma prima di essere miei amici, erano i suoi genitori. Quella

situazione era tangente a tutti quanti, ma allo stesso tempo un

razionalismo si occupava di non far star male nessuno. Non si

mettevano in piazza certi discorsi, se ne affrontavano sempre di

nuovi, con naturalezza. Non si trattava di ipocrisia, ma di portare

avanti un legame, senza farsi male. Parlare di Tom, senz'altro mi

avrebbe fatto del male, ma sicuramente avrebbe colpito anche loro.

Avevo trattenuto tutto dentro. Non volevo farli sentire in mezzo a

una guerriglia. Non mi ero mai permesso di insultarlo o giudicare.

Non volevo! Non sarebbe stato giusto. Io stavo male e il tempo

complice avrebbe aiutato a dimenticarlo; ma a lui, si sarebbero

prospettati giorni peggiori e un minimo di comprensione gli e l'avrei

potuta concedere, a quel punto. Era la prima volta che visitavano

Siena, ma se ne innamorarono perdutamente. Sarebbero rimasti un paio di giorni, giovando così il gusto elargito da quella regione. Una giornata tranquilla, fra visite a palazzi, caffè e discorsi frivoli. Il pomeriggio seguente, invece li portai a visitare Volterra e San Gimignano, con le sue cento torri. Era l'ultima serata insieme, nei giorni seguenti altri amici si sarebbero aggiunti e quel viaggio che li avrebbe portati a Favignana. Non volevo portarli in un ristorante. Volevo farli sentire a casa, come loro avevano fatto con me. Quindi ci sarebbe stata una sostanziosa grigliata di carne, accompagnata da ottimo Chianti, il mio vino favorito. Erano affascinati dal casale, dal suo giardino, da quell'isolamento che non ti escludeva dal mondo. Chiesero addirittura alla zia, se sapeva di qualcuno che vedesse lì intorno. Erano presi tanto da volerci comprare una casa. La cosa non stupiva, avevano gusto da vedere. Tempo per godersi l'Italia, e la sua campagna, ne avrebbero avuto. Anche in quell'occasione, il semifreddo alle mandorle di Carla conquistò gli ospiti. Se ne andarono via subito. L'indomani si sarebbero alzati sul far del mattino per prendere l'aereo a Firenze, coi loro amici. Ma si sa... che i piani, sono fatti per essere scombinati e il più delle volte, non siamo noi, bensì il fato a decidere. Una chiamata nel cuore della notte, li svegliò. Era Tom! Un tir... che trasportava sabbia, aveva preso in pieno Bree, mentre guidava su una statale fuori città; era al telefono, con Camille, la sua migliore amica. Quel brutto frontale, la portò in ospedale, quasi in fin di vita. La creatura che portava in grembo era viva per miracolo, mentre lei si era addormentata. Un coma dovuto alla forte collisione, se l'era presa, stendendola su un letto, con la bambina che sarebbe nata da lì, entro poche settimane. La quiete si lasciò turbinare dal caos. Avevano paura per la bimba, una situazione così delicata, comprometteva la salute di entrambe. Un errore, un distrazione, aveva quasi ucciso una creatura innocente. Il mio telefono squillava, ma ero sotto la doccia, appena uscito, richiamai

subito. Vedendo la chiamata, pensai che si fossero dimenticati di

qualcosa in macchina, ma poi quando la voce di Leopold, così cupa,

mi raccontò l'avvenuto, mi precipitai in hotel. Sapevo che non avrei

potuto fare nulla, ma era un modo per  confortarli. Quella brutta

notizia, li aveva scossi al punto da cambiare i piani, l'indomani

sarebbero tornati a Londra. Sentendo quelle parole, la mia anima, il

mio corpo, sconfissero l'orgoglio. Sarei partito con loro. Una notte,

quasi travagliata, soggetta all'ansia, e alla nevrosi, non mi permetteva

di dormire, tanto meno a stare fermo. Giravo per casa, facendo e

disfacendo la valigia di continuo, l'idea di rivederlo mi ubriacava,

facendomi perdere il senso del tempo e la ragione. Quel viaggio in

tre, ben diverso del precedente, sembrava non finire mai,

fortunatamente la loro presenza riusciva a calmarmi, facendomi

respirare. Ogni cosa ha una sua stagione, la natura ci insegna la pazienza, ci insegna ad aspettare finché dai rami possano rinascere i germogli; come il nostro amore, il quale con l'inverno si era spogliato di tutte le foglie, gelandosi, ma era arrivata la nostra primavera a rinvigorirlo. La macchina ci lasciò all'ingresso del Lister Hospital, una corsa al secondo piano, e lui era ad attenderci; ma sfidando la sorte, non era solo, in braccio aveva sua figlia. Un tremenda emorragia, s'era presa Bree, fortunatamente un parto cesareo, prematuro di una settima, aveva dato al mondo Rebecca. Nel rivederlo, mi sentivo vivo, mi risentivo nuovamente io. Victoria corse a prendersi la nipotina in braccio. Bastò un solo sguardo per capirci. Quel ritorno così angoscioso, era finito. L'avevo perdonato. Senza parlare, per la prima volta nella nostra vita, le parole non sarebbero servite. Mi porse la mano, ma lasciai e lo guardai meglio, sconfiggendo la paura, stringendolo forte a me.

# Epilogo

La tavola è imbandita, le persone a noi più care sono unite,

complici, sedute accanto al grande tavolo che si impone nel salotto.

Nonna Victoria, zia Elettra, zia Benedetta, e nonna Carla parlano, si

fondono, diventando una sola grande famiglia. Rebecca protagonista

di quel tavolo, attira tutte le attenzioni con le sue prime parole e le

sue ingenue risate. Il seggiolone è posto in mezzo ai nostri posti. Sul

divano, Zefiro sonnecchia, appena tornato da una lunga passeggiata mattutina; Leopold l'ha fatto correre al parco sfinendolo. La parte migliore di Bree è viva in quella tenera bambina, la sua morte è stata superata. Noi siamo in cucina, stiamo finendo di preparare il pranzo, il nostro sguardo è complice, vigile sulla carne che sta cuocendo in forno. Sembra assurdo! Un anno fa questa casa sembrava enorme, ora a malapena riesce a contenere tutti quanti. La nostra relazione è stata forte, siamo stati capaci di non buttar via niente, ogni singolo pezzo è stato ripreso, e come saggi artigiani abbiamo ricostruito quello che poteva essere buttato. A volte quello che ci sembra perso o irreparabile, il tempo, la pazienza e la volontà lo riportano a noi. Il nostro sentimento è stato forte, maturo. Complice è stata la nostra bambina, la quale con le sue notti bianche ci fa sentire preziosi. Sapere che qualcuno dipende da noi, sapere che ha un bisogno naturale della nostra presenza, che ha bisogno di stare lì, in mezzo a noi, nel lettone per addormentarsi, rende ogni giorno unico e speciale. I nostri errori, le nostre manie, il nostro orgoglio sono stati messi da parte, come da parte sono stati messi le notti festose, le sigarette, e il vino. Al loro posto ci sono il latte, i giochi e i pannolini. Finalmente, c'era stata una motivazione per affrontare la ristrutturazione, lo studio si è rimpicciolito, lasciando spazio a una cameretta candida, con un enorme culla. Ora ho paura, paura di non essere capace di essere il buon padre, di dire "no" quando serve. Non mi spaventa la sua educazione, o il suo futuro carattere. Mi spaventa il tempo che passa troppo in fretta, e non concede ritorno. Spero di insegnarle la pazienza, il coraggio, e l'amor proprio. Noi le daremo di sicuro tutto l'amore che una famiglia può regalare. Spero che il mondo sarà clemente con lei, che non giudicherà quando all'uscita della scuola ci saranno due papà ad aspettarla. Spero che alle feste di compleanno questa casa sarà colma di mamme, papà e bambini. Cercheremo, come tutti i genitori di proteggerla fino a quando ce lo permetterà. Tutte le volte a cui avevo pensato alla mia vita a trent'anni, me l'ero sempre immaginata diversa. Mi ero immaginato in carriera, sempre di corsa, con pochi, ma buoni amici al mio fianco; ma il destino ha deciso delle carte diverse, nuove, più intense.

Il fiume aveva percorso l'ansa, regalandomi una splendida bambina, e un grande amore. Tutto aveva preso il proprio posto. Un "ti amo", detto guardandolo negli occhi, non mi basta più. È riduttivo. In fondo, mi aveva fatto capire cos'è il sentimento, la felicità, la famiglia. Peccato che non ci sia parola più importante da dire, altrimenti gli e la direi in questo preciso momento. Per un attimo mi sono venute in mente le persone con le quali avevo passato tante notti, quel senso di vuoto che mi svegliava al mattino e mi perseguitava da tanti anni era svanito. Ora un'equilibrio cosmico, pervade il vero me stesso, abbattendo anni di barriere e di muri nei confronti del mondo intero. La coscienza finalmente è riuscita a trovare la posizione giusta nel mio corpo, non si dimena più

facendomi male. Gli occhi sono puntati su di te: "Soffia la candelina!

Auguri Rebecca per il tuo primo anno!"

# INDICE

Lightning Source UK Ltd.
Milton Keynes UK
UKHW010656111019
351423UK00001B/260/P